Christian-Lothar Ludwig

Mitternachtssonne

Roman

www.C-L-LUDWIG.com

Bibliografische Information der Deutschen Nationalbibliothek: Die Deutsche Nationalbibliothek verzeichnet diese Publikation in der Deutschen Nationalbibliothek; detaillierte bibliografische Daten sind im Internet über dnb.dnb.de abrufbar.

Überarbeitete Auflage 2018

Herstellung und Verlag:
BoD – Books on Demand, Norderstedt
ISBN: 9783744886628

Dieses Buch widme ich meiner Familie, Freunden und denen, die da waren und geholfen haben. Spezieller Dank geht an meine Lebensgefährtin Tes. Ohne dich, wäre dieses Buch niemals zustande gekommen.
Danke Babes!

Es gibt zwei Arten, sein Leben zu Leben –
entweder so, als sei nichts ein Wunder, oder so, als sei
alles eines.

Albert Einstein

Inhaltsverzeichnis

Kapitel 1.. 11

Kapitel 2.. 32

Kapitel 3.. 65

Kapitel 4.. 95

Kapitel 5.. 117

Kapitel 6.. 146

Kapitel 7.. 161

Kapitel 1

Es war ein harter Tag, ein richtig harter Tag. Einer der Tage, an denen gemachte Männer einfach ins Bett fallen und sofort schlafen. Ein Tag, an dem die meisten Menschen mittags schon genug haben und nur noch nach Hause wollen. Für mich war es ein Tag wie jeder andere. Ich hatte schon schlimmere, aber auch viele bessere. Besonders war dieser Tag trotzdem. Ich wusste es nur noch nicht. Ich hatte es nicht kommen sehen, niemand hätte das gekonnt.

Ich war beinahe zu Hause, in meinem kleinen Appartement in Londons schönem Stadtteil Camden und konnte endlich raus aus der stickigen U-Bahn, die in dem ungewöhnlich heißen Sommer viel zu überlaufen war. Es roch nach Schweiß, der sich mit dem Geruch des alten Mauerwerks vermischte und zu einer undefinierbaren Kombination wurde. Hier konnte man Menschen aller Schichten beobachten. Vom gestriegelten Anzugträger mit Aktentasche zu kunterbunt gekleideten Transvestiten, über hochschwangere Frauen bis hin zu Punks in dreckigen und zerrissenen Klamotten mit obligatorischer Bierdose in der Hand. Die Bahn fuhr in meine Endstation ein und öffnete die Türen. Eilig verließ ein Menschenstrom den Zug und presste sich entlang der wartenden Passanten. Ich drückte mich an den unzähligen Menschen vorbei und lief direkt auf das „Way Out" Schild zu. Dabei passierte ich einen Straßenmusikanten, der versuchte, ein paar Münzen in der U-Bahn zu verdienen. Danach stieg ich die Treppe nach oben und zahlte meine Fahrt mit der Karte. Endlich konnte ich nach draußen an die frische Luft.

Von der Haltestelle bis zu meiner Wohnung waren es nur fünf, vielleicht sechs Minuten zu Fuß. Ich genoss den kurzen Spaziergang so gut ich konnte. Die warme Brise, die mir um die Nase wehte, die laute Rockmusik, die aus einer Menschenmenge vom Platz gegenüber zu kommen schien und die Möwen, die sich auf der Straße über die Müllsäcke hermachten. London wie es leibt und lebt. Nichts Ungewöhnliches, in meinen Augen aber wunderschön.

Meine Wohnung lag im Keller in einer der bunt bemalten Seitenstraßen der High Street. Ich mochte die unzähligen Graffitis, die hin und wieder über Nacht an den Wänden erschienen und die Stadt schöner und einladender wirken ließen. Hier konnte man das Leben atmen, es war immer laut und voller Eindrücke aus aller Welt. Hier fühlte ich mich wohl und konnte nach einem langen Arbeitstag perfekt abschalten. Ich war als Totengräber auf dem Highgate Cemetary[1] beschäftigt.

Wie ich zum Totengräber wurde? Eine lange Geschichte. Geboren und aufgewachsen war ich im Norden Deutschlands. Erzogen von religiösen Eltern in einem unbekannten Dorf mitten im Nichts. Durch großen Druck meiner Eltern hatte ich nach der Realschule eine Ausbildung zum Krankenpfleger mit Auszeichnung beendet und einige Jahre lang im gleichen Krankenhaus gearbeitet. Für mich war das allerdings nicht das Leben, das ich wollte. Ich machte es einfach nur meinen Eltern recht. Eigentlich wollte ich Künstler oder Musiker werden, spielte deswegen oft Gitarre, zeichnete gerne und versuchte mich hier und da als Schauspieler. Es reichte jedoch nur für das alljährliche Theater im ländlichen Schützenheim, in dem ich Mitglied war. Im Allgemeinen wohl ein normales Leben ohne große Höhen und Tiefen und ohne nennenswerte Ereignisse. Tief in mir wollte ich aber aus diesem Einheitsbrei ausbrechen und weg aus der Kleinstadt, in der ich inzwischen wohnte, elf Kilometer von wo ich aufgewachsen war. Unter der Woche und oftmals am Wochenende ging ich allerdings meiner Arbeit nach. An freien Tagen hieß es

---

[1] Highgate Friedhof

feiern bis in die Morgenstunden, wohl um meinem tristen Alltag zu entfliehen, ich weiß es nicht. Hier gaben sich Alkohol und Drogen, beziehungsweise Medikamente, die Klinke in die Hand. Ich war während der Arbeit und am Wochenende ständig high auf irgendwelchen Mitteln. Seit man mir nach der Ausbildung den Schlüssel zum Medizinschrank anvertraut hatte, war entweder das Krankenhaus oder der dauerhaft zugedröhnte Nachbarsjunge mein Dealer. Es war zwar nicht immer etwas verfügbar, ich kam aber über die Runden und konnte gut damit leben.

Mein Aussehen war meiner Meinung nach durchschnittlich und ich glich bestimmt keinem Model, bei der Damenwelt kam ich aber trotzdem gut an. Den Grund dafür konnte ich mir selbst nicht erklären. Allerdings fand ich selten ein Mädchen, das mich für mehr als eine Nacht interessierte. Die wenigen festen Beziehungen, die ich einging, scheiterten meistens entweder an meiner Unausgeglichenheit oder meinem ständig wachsenden Desinteresse für meine besseren Hälften. Keine hielt es länger als ein paar Monate mit mir aus und im Nachhinein, kann ich jede Einzelne dafür verstehen.

Als nach nur wenigen Wochen wieder eine Beziehung in die Brüche ging, war das schlussendlich mein Auslöser, um aus meiner Heimat wegzugehen

14

und mein Glück anderswo zu suchen. Es reichte mir mit Deutschland. Ich wollte neue Erfahrungen sammeln und mein Englisch beweisen. Ich hatte viele Überlegungen und entschied mich letztlich für London. Im Sommer war die Stadt einfach traumhaft und im Winter immer noch angenehmer als zu Hause. Es regnete zwar viel, mir machte das aber nichts aus. Grundsätzlich mochte ich die Sonne lieber, gegen Regen hatte ich jedoch auch nichts einzuwenden.

In England fing ich anfangs wieder als Pfleger in einem Krankenhaus an. Schnell musste ich jedoch feststellen, dass auf der Insel die Schränke mit den guten Präparaten besser überwacht wurden als in meiner Heimat. So flog ich nach wenigen Wochen und zwei Ermahnungen aus meinem Job. Um mir meine Wohnung und das Leben leisten zu können, machte ich mich sofort auf die Suche nach einer neuen Anstellung. Da ich jedoch meine Ersparnisse nicht anzapfen wollte, es dementsprechend eilig hatte und meine Beschäftigung in Sachen Ekel auch kaum schlimmer werden konnte, rief ich bei der erstbesten Zeitungsanzeige an und wurde Totengräber. Hier waren die Menschen, mit denen ich zu tun hatte, wenigstens nicht aufbrausend und gehässig. Ich musste keine Schweinereien aufputzen und an den Tod hatte ich mich im Krankenhaus schon lange gewöhnt. Dafür waren die ständig rauen und dreckigen Hände ein Nachteil, genau wie die seltsamen Kollegen, die ich tagsüber aber kaum zu Gesicht bekam. Jeder hatte seinen Bereich, in dem er zuständig und für sich allein unterwegs war. Dabei kümmerte ich mich entweder als Gärtner um den Friedhof und die Gräber oder ich hob frische aus. Dafür war die Bezahlung gut. Vermutlich, weil nur wenige Menschen interessiert an meiner Anstellung waren. Mir gefiel die Ruhe an meinem Beruf. Niemand beschwerte sich und wenn ich wollte, konnte ich den ganzen Tag über Musik hören. Außerdem mochte ich die unzähligen Engelsstatuen, die auf dem Friedhof verteilt waren. Wenn eine dieser Steinfiguren in meiner Nähe war, fühlte ich mich aus irgendeinem Grund wohl. Für mich war es erwiesen, dass das durch meine Eltern bedingt war. Sie waren verhältnismäßig gläubig und das färbte vermutlich auf mich ab. Während meiner Kindheit zierten Engelsfiguren immer unser Haus. Wir gingen einmal die Woche zur Kirche und beteten außerdem vor dem Abendessen und dem zu Bett gehen. Als ich älter wurde und in die Pubertät kam, entfachte deswegen oft Streit mit meiner Mutter. Ich begann zu rebellieren und wollte mein eigenes Ding durchziehen, weg von der Kirche. Einfach nicht so sein wie sie.

Inzwischen war ich an meinem Appartement angekommen. Auf den Treppenstufen zu meiner Wohnungstür dachte ich nochmals über meinen Tag nach. Auf irgendeine Weise war es heute ein schwererer Arbeitstag als gewöhnlich, obwohl ich nur zwei kleine Löcher gegraben hatte, ganz zum Schluss. Es waren aber die beiden, die mir zu schaffen machten. Die kleinen Gräber sind immer am schwersten auszuheben.

Ich hatte den Tod von Kindern im Krankenhaus öfters miterlebt, daran gewöhnen konnte ich mich jedoch nie. Als Totengräber war es nicht besser, speziell wenn mein Kunde keine fünf Jahre alt geworden war. Das Schlimmste für mich war allerdings, dass ich die beiden Löcher direkt nebeneinander graben musste. Es waren vermutlich Zwillinge, denn auf dem bereits gelieferten Holzkreuz stand nur ein gemeinsamer Geburtstag. Bedauerlicherweise war aber auch ein gemeinsamer Todestag für Sarah & Alison Doe eingraviert. Ich hatte keine Ahnung, was den beiden zugestoßen war. Es musste sich aber um eine Tragödie handeln. Die Familie der beiden tat mir unendlich leid.

Solche Begebenheiten brachten mich nur noch weiter weg von der Kirche. Wie konnte ein, seine Schöpfung liebender Gott so etwas zulassen? Wie konnte er gestatten, dass Menschen hungerten und

Familien durch Tod und irrsinnige Kriege auseinandergerissen wurden? Für mich war das kein liebevoller Gott. Er war gehässig und grausam. Dieses Wesen sah den Menschen vermutlich gerne beim Leiden zu. Aus welchem anderen Grund würde er, wenn es ihn überhaupt gab, einen ganzen Planeten voller Leben langsam aber sicher ins Verderben schicken? Meine Großmutter hatte mir früher öfters aus der Bibel vorgelesen und die wenigen Stellen, an die ich mich erinnern konnte, bestanden in meinen Augen nur aus Leid und Schmerz. Ich konnte das alles nicht verstehen. Vielleicht wollte ich auch einfach nicht. Es ergab schlichtweg keinen Sinn. Wie konnte die Menschheit blindlings einem Buch folgen, das von Menschen viele Jahre nach den eigentlichen Ereignissen geschrieben wurde? Wie konnte man an etwas glauben, dass man nicht sehen, fühlen oder anfassen konnte? Ich glaubte lieber an mich selbst, wobei ich damit wohl auch nicht besonders gut beraten war. Mit diesen Gedanken steckte ich den Schlüssel in das Schloss, drehte ihn zweimal nach links und öffnete die Wohnungstür.

Beim Betreten meiner Wohnung stieg mir ein ungewöhnlicher Geruch in die Nase. Er roch vertraut und doch fremd. Eine leichte Mischung aus Weihrauch und Rosenduft, der aber kurzzeitig immer wieder von einem ekelerregenden Gestank übertüncht wurde. Für gewöhnlich roch meine Wohnung eher nach abgestandener Luft und Zigarettenqualm. Da ich im Untergeschoss wohnte, war Lüften alles andere als effektiv. Es herrschte schließlich nie ordentlicher Durchzug. Dieses Aroma war jedoch mehr als ungewöhnlich. Ich dachte mir allerdings nichts dabei. Was sollte schon sein? Wahrscheinlich war nur der Vermieter kurz in meiner Wohnung gewesen. Das war wohl die einfachste Erklärung, auch wenn sie keinerlei Sinn ergab.

Mit absoluter Ruhe zog ich meine Schuhe aus, legte meine Cap auf das kleine Schuhregal im Eingangsbereich und marschierte ins Wohnzimmer, das in meinem Appartement als Durchgangszimmer diente. Der Geruch verstärkte sich dabei und schien, trotz geschlossener Türen, seinen Ursprung entweder in meinem Schlafzimmer oder dem angrenzenden Bad zu haben. Um hinter den Ursprung der Duftwolke zu kommen und endlich meine Kontaktlinsen loszuwerden, verschwand ich zuerst ins Badezimmer. Dort gab es jedoch nichts Ungewöhnliches zu entdecken.

Binnen weniger Sekunden hatte ich die Linsendose geöffnet, beide Augen von der Sehhilfe befreit und mit der speziellen Lösung die beiden kleinen Behälter aufgefüllt. Mit einem Handgriff setzte ich mir dann noch die Brille auf die Nase und schon war ich zurück im Wohnzimmer.

Um dem Geruch auf die Schliche zu kommen, öffnete ich behutsam die Tür zum Schlafzimmer. Hierbei verstärkte sich mit jedem Zentimeter der Duft. Das konnte auf keinen Fall von meinem Vermieter stammen. Er war höchstwahrscheinlich auch nicht in meiner Wohnung gewesen und hätte vermutlich Bescheid gegeben, wenn er etwas benötigt hätte.

Da sich die Tür zum Bett hin öffnete, konnte ich anfangs keinen Grund für den wohlduftenden Gestank ausmachen. Erst als ich mit einem Fuß im Zimmer stand, bemerkte ich ein riesiges, umgedrehtes Kreuz mit menschlichen Umrissen, das über meinem Bett hing. Einige Stellen davon leuchteten und glühten in einem hellen, bläulichen Licht. In dem kurzen Augenblick war es in dem düsteren Zimmer jedoch kaum möglich, spezifische Details zu identifizieren. Das Kreuz erweckte jedoch einen derart perfekten Eindruck, dass es eine, von einem Künstler geschnitzte und dann bemalte sowie beleuchtete Holzfigur sein musste.

Ich erschrak, stolperte rückwärts aus dem Zimmer und zog die Tür abrupt ins Schloss. Da der Schlüssel ungewöhnlicher Weise außen steckte, sperrte ich schnell ab und mit angehender Panik überlegte ich: „Was ist das? Ist jemand in meine Wohnung eingebrochen? Habe ich den Schlüssel auf diese Seite gesteckt? Was tun? Die Polizei rufen? Selbst nachsehen?" Ich spürte, wie innerhalb eines Augenzwinkern Adrenalin in meine Venen gelang und sich im Körper verteilt. Dabei kam mir zeitgleich eine wichtige Überlegung in den Sinn: „Ist vielleicht noch jemand in meiner Wohnung?" Geistesgegenwärtig spurtete ich in die Küche und bewaffnete meine rechte Hand mit dem größten Messer, das ich finden konnte und die Linke mit einem Fleischerhammer. So stand ich da - die Hausschuhe an, bewaffnet und verstört. „Was passiert hier? Was geht hier ab?", hämmerte durch meine Synapsen. Trotz geschlossener Schlafzimmertür hatte sich der Duft mittlerweile vollständige in der Wohnung ausgebreitet. Der Gestank war mittlerweile verschwunden.

Aus unerklärlichen Gründen hatte der liebliche Geruch eine beruhigende Wirkung und erzeugte ein unwirkliches, mir unbekanntes Gefühl. Einerseits pochte meine Schädel, während eine Unmenge an Überlegungen durch meine Nervenzellen schoss: „Wenn da jemand ist - werde ich angegriffen? Das muss ein Psychopath sein. Er wird sich bestimmt wehren.

Auf der anderen Seite fühlte ich mich in diesem Moment völlig wohl und beschützt. Ich konnte es nicht einordnen, kannte dieses Gefühl schlichtweg nicht. Um Hilfe zu rufen hastete ich zurück ins Wohnzimmer, legte mein Messer ab und griff zum Telefonhörer. Blitzschnell wählte ich den Notruf, doch bekam nur ein monotones Geräusch zu hören. Die Leitung war tot. Geistesgegenwärtig erinnerte ich mich an den gelben Zettel, den ich einige Tage zuvor im Briefkasten gefunden hatte. Man informierte mich, dass die Leitung umgestellt wurde und ich in den nächsten Tagen teilweise kein Internet oder Festnetz zur Verfügung hatte. Wie das Leben so spielt, war das anscheinend heute. „Hatte jemand davon gewusst und damit geplant?" Ich schob diesen Gedanken zur Seite, damit konnte ich mich später beschäftigen. Stattdessen schmetterte ich den Telefonhörer zurück in seine Halterung und griff mir ruckartig mein Mobiltelefon, das direkt danebenlag. Sofort wählte ich die 112 für den Notruf. „The person you are calling is not available at present"[2], schallte mir aus dem Hörer entgegen. Ich bekam Gänsehaut. „Was zur Hölle passiert hier?" Hektisch hackte ich die Nummer abermals ins Telefon, bekam allerdings dieselbe Antwort. „Das darf nicht

---

[2] „Der angerufene Teilnehmer ist zurzeit nicht erreichbar."

wahr sein!", flüsterte ich vor mir her, während ich zunehmend in Panik geriet und mein Mobiltelefon zitternd nach der Nummer meines einzigen Kumpels in London durchsuchte. Während das Telefon wählte, flehte ich leise vor mir her: „Tom, bitte geh ran, bitte bitte geh ran!" - „The person you are calling is not available at present."[2] - „Fuck!"[3] Er hatte vermutlich das Handy ausgeschalten, war bei der Arbeit oder saß in der U-Bahn. Demzufolge war ich auf mich allein gestellt.

Seit der Gestank verschwunden war, schwellte der wohltuende Geruch stärker an. Man konnte ihn allerdings nicht als penetrant bezeichnen, sondern eher als wohlig beschreiben. „Was bleibt mir jetzt übrig?", reflektierte ich die Situation: „Nach draußen laufen und wie ein Versager um Hilfe schreien? Garantiert nicht!" Es blieb mir nur eine Möglichkeit: Die Tür zum Schlafzimmer aufzusperren, auf das Beste zu hoffen, und auf alles vorbereitet zu sein! Ich ließ mein Handy in der Hosentasche verschwinden, nahm mein Messer zur Hand und schlich mich wachsam zur Schlafzimmertür.

Um beim Entsperren möglichst lautlos zu sein, zog ich geschickt an der Tür, während ich den Schlüssel

---

[3] „Scheiße!"

vorsichtig nach rechts drehte. Nach einem leisen, aber durchaus hörbaren „Klick" war die Tür entriegelt. In Gedanken verfluchte ich das Geräusch. Möglicherweise hatte ich jedoch Glück und der Eindringling Nichts gehört. Schließlich lag das Schlafzimmer zur Straße und London war an diesem Nachmittag laut wie eh und je. Andererseits wusste er jetzt vielleicht, dass ich an der Tür war. Aus dem Schlafzimmer gab es jedenfalls keine Alternative um zu entkommen. Die Fenster waren viel zu klein.

Ich drehte den Türgriff, öffnete die Tür einen Spalt und trat dann in bester Actionfilmmanier dagegen. Der Eindringling konnte sich schließlich direkt dahinter verstecken. Die Tür sprang sperrangelweit auf und rammte mit einem lauten Knall gegen meinen Schrank, der angrenzend aufgebaut war. Ein Schwall von Weihrauch-Rosenduft kam mir entgegen. Mit rasendem Herzen spähte ich schnell durch den Schlitz zwischen Tür und Angel. Da sich in der kleinen Fläche zwischen Tür und Schrank niemand versteckte, setzte ich, leicht geduckt und mit größter Vorsicht einen weiteren Schritt in mein Schlafzimmer. Dabei riskierte ich gleichzeitig einen schnellen Blick um die Tür. Dabei ignorierte ich das Kreuz und spähte an der Front des Schrankes entlang. „Da ist niemand!", flüsterte ich mir leise selbst zu und betrachtete in Gedanken weitere

Verstecke: „Entweder er ist im Schrank oder er liegt zwischen dem Bett und der Wand zur Straße." Augenblicklich bemerkte ich, wie mehr Adrenalin in meine Blutbahn ausgeschüttet wurde und mein Puls weiter in die Höhe schoss. Ich konnte das Pochen förmlich in meinem Hals spüren.

Mein riesiger Schwebetürenschrank bot zweifelsohne ausreichend Stauraum um zwei Personen zu verstecken. Die waren vermutlich auch nötig, um die überdimensionale Holzfigur zu bewegen. Allerdings waren die Türen schwergängig und nur mit Kraft zu öffnen. Von innen und ohne die Hilfe eines Griffs ging das wahrscheinlich nur langsam und mit hohem Kraftaufwand.

Um den Gang zwischen Bett und Wand überblicken zu können, sprang ich also voller Vertrauen und mit lautem Geschrei bis zur stirnseitigen Mitte meines Bettes. Das Messer hatte ich zum Zustechen bereit, den Fleischerhammer schwang ich über meinem Kopf. Aus dem Augenwinkel entdeckte ich, hinter dem hochgezogenen Fußteil meines Bettes, zwei große weiße Gegenstände sowie einen leuchtenden Fleck, mittig davon. Zudem konnte ich das Kreuz besser wahrnehmen. Es erinnerte mich an ein Gemälde aus einem Buch, das ich als Kind bei meiner Großmutter auf dem Dachboden entdeckt hatte. Es war viele Jahre her, dass ich die Zeichnung zum letzten Mal gesehen hatte. An die Überschrift konnte ich mich aber erinnern, als ob es gestern gewesen wäre: „Das Petruskreuz".

Zwischen meinem Bett und der Wand konnte ich niemanden ausfindig machen und unter der Matratze konnte sich schlichtweg kein Mensch verstecken. Dort war kaum genügend Platz für einen Schuhkarton. Also kehrte ich dem Kreuz und meinem Nachtlager den Rücken und fokussierte mich auf die letzte Möglichkeit - den Schrank.

Ich fing an der linken Seite an und atmete tief durch. Ohne hinzusehen legte ich dabei den Hammer auf das abgeflachte Fußteil des Bettes und nahm das Messer in die andere Hand. Dann schob ich mit einem kraftvollen Ruck die Schranktür zur Seite, während ich zeitgleich einen Schritt nach hinten trat. Simultan machte ich mich bereit zu kämpfen und ließ einen Kampfschrei in Richtung des Schrankes los. Das Messer hielt ich fest umklammert und war bereit, mich gegen alles zu wehren, was kommen konnte. Nachdem die Tür mit voller Wucht gegen die andere Seite gekracht war, kam mir einzig und allein abgestandene Luft entgegen. Diese vermischte sich mit dem Rosenduft und war innerhalb kürzester Zeit verschwunden. Ich musterte unterdessen mit rasender Geschwindigkeit den Inhalt des Möbelstücks. Außer Bettwäsche war jedoch nichts Ungewöhnliches zu finden. Ich atmete tief durch und schob die Tür wieder in ihre ursprüngliche Position.

Dann machte ich mich daran, die andere Seite des Schrankes zu überprüfen. Zuerst legte ich mir das Messer in meine rechte Hand und schnappte mir den Hammer mit der Linken. Mein Herz raste, als ob es mir aus der Brust springen wollte. Dem Eindringling blieb keine andere Möglichkeit. Er musste sich in der Schrankhälfte verstecken. Mir zischten die wildesten Gedanken durch den Kopf: „Ist das vielleicht nur ein Streich? Bin ich bei irgendeiner überzogenen Fernsehsendung?" Hierbei positionierte ich mich mit hastigem Atem ein Stück rechts vor dem Möbelstück. Mein Körper bebte vor Aufregung. Ich fokussierte mich kurz, dann drückte ich die Tür mit einem gekonnten Tritt gewaltvoll zur Seite. Mit einem lauten Schrei und beiden Waffen in Kampfposition erwartete ich, dass ein Angreifer auf mich stürzte. Die Schwebetür krachte allerdings abermals mit einem dumpfen Schlag gegen die andere Hälfte und der Raum verstummte auf der Stelle. Außer Kleidung war nichts und niemand in dem Schrank.

Meine Wohnung war folglich sicher und ich konnte erleichtert aufatmen. Dabei sog ich den Duft tief in meine Lungen und spürte beim Ausatmen förmlich, wie eine Last von meinen Schultern genommen wurde. Endlich konnte ich das Kreuz und die weißen Gegenstände besser inspizieren.

Durch das Leuchten waren die genauen Umrisse in dem dunklen Zimmer im ersten Moment schwer auszumachen. Daher kniff ich meine Augen zusammen und gab ihnen genügend Zeit, um sich an die Situation zu gewöhnen. Nach dem ich wiederholt geblinzelt und mich konzentriert hatte, wich ich geschockt einen Schritt zurück. Mir blieb kurzzeitig die Luft weg und mein Herz setzte einen Schlag aus. Das war keine Holzfigur, sondern eine wunderschöne Frau in einem weißen, ärmellosen Kleid, die kopfüber von meiner Wand hing!

Sie war mit riesigen Nägeln durch ihr bodenlanges Kleid und den Füßen an die Mauer gekreuzigt worden. Dabei hing ihr Kopf nach unten und ihre Arme waren zu einem Kreuz ausgebreitet. Als Fixierung hatte man dieselben Stahlstifte durch die Handgelenke getrieben. Die Kehle war vollständig durchtrennt und ihr Rumpf auf der rechten Seite verletzt. Hier konnte man einen Riss im Kleid erkennen, dessen Rand bläulich eingefärbt war, darunter leuchtete die Wunde. Um den Körper abzustützen, hatte man auch durch die Schultern jeweils einen Stift in die Wand gehämmert.

Diese ragten vergleichsweise weit aus dem Körper, während die anderen bis auf die Haut versenkt worden waren. Es handelte sich allerdings nicht um Nägel aus dem Baumarkt, sondern um handgefertigte Exemplare. Vor Jahren hatte ich einen Schmied auf einem Mittelaltermarkt ähnliche, daumendicke Stahlnägel herstellen sehen. Diese Form gab es wohl nirgendwo zu kaufen.

Das wunderschöne Gesicht der Frau war von Symbolen entstellt, die in beide Backen und die Stirn geritzt worden waren. Die tiefblauen Augen hielt sie weit aufgerissen und starrte ins Leere. Ihre Lippen waren purpurrot und zogen meine Aufmerksamkeit flüchtig auf den kleinen Mund. Die Stirn war mit einem, auf dem Kopf stehenden Kreuz entstellt, das bis auf den Knochen eingeritzt worden war. Zusätzlich hatte jemand zwei Zeichen in die Wangen geschnitten, die ich vorher noch nie gesehen hatte. Diese Symbole bestanden aus mehreren geraden Linien verschiedener Längen, die sich alle in einem Punkt schnitten. Trotz allem bluteten die Gesichtswunden nicht. Nur ein bläuliches Licht drang aus ihnen. Ich hatte in meiner Karriere als Pfleger schon vieles gesehen, hier musste ich mich allerdings zusammenreißen, um mich nicht zu übergeben. Der Schock saß tief, ich konnte es nicht erklären.

Die riesige Wunde am Hals war von allen Verletzungen die größte Quelle des Lichts. Der Kopf hing offensichtlich nur noch am Rückgrat und stütze sich an der Wand ab. Alles nur wenige Zentimeter von meinem Kissen entfernt, wo mein Kopf in der Nacht zuvor gelegen hatte. Zusätzlich zu dem strahlenden Licht floss eine bläuliche Flüssigkeit aus der klaffenden Wunde. Diese zog sich über das Kinn, knapp vorbei an ihrem Mund und über das restliche Gesicht. Von dort aus bahnte sich die Substanz ihren Weg über die Schläfe und lief entlang der gelockten, blonden Haare bis auf mein Kopfkissen. Meine Augen folgten dem Rinnsal weiter, bis zur Mitte meines Bettes, wo sich eine kleine Pfütze gebildet hatte. Diese leuchtete zwar auch, allerdings mit weit weniger Kraft als die Wunde selbst. Rechts und links von der Pfütze lagen zwei Objekte aufgebahrt, die mich an Flügel erinnerten. Sie hatten einige Ähnlichkeiten mit denen eines Vogels, waren jedoch weit größer und wirkten muskulöser. Das Federkleid war beinahe perfekt und es schienen nur wenige, der schneeweißen Federn zu fehlen. An den Flügeln konnte man oberarmdicke Gelenke erkennen, mit denen die Schwingen vermutlich zum Fliegen bewegt wurden. Direkt an dem, mit feinen Daunen übersäten Gelenk konnte man deutlich ablesen, dass die Flügel aus ihrer einstigen Position gerissen worden waren. Hier hingen zerfetzte Muskeln und Sehnen herab und die Stummel waren mit der Flüssigkeit verschmiert. Selbst jemand ohne medizinischen Hintergrund konnte hier zweifelsohne bestätigen, dass rohe Gewalt am Werk war. Trotz der Brutalität sah das Zusammenspiel aus dem blauen Leuchten und den weißen Flügeln im Kontrast zu meiner schwarzen Bettwäsche wie ein ungewöhnliches Kunstwerk aus.

Aus dem Nichts hallte es wie eine Eingebung durch meinen Kopf: *„Erzengel Haniel ist tot"*. Mir schossen Tränen in die Augen, ich sah schwarz und sackte zusammen.

Kapitel 2

Das Zimmer war dunkel, als ich wieder zu mir kam. Ich lag auf dem Teppichboden und öffnete langsam meine Augen. Nur die spärliche Beleuchtung der Straßenlaterne, die direkt vor meinem Haus stand, drang durch die Fenster. Momentan setzte ich mich auf und starrte für einige Sekunden auf das Fußende meines Bettes. „Warum liege ich auf dem Boden?", war mein erster Versuch, meine Erinnerungen zu sortieren. „Ein Erzengel ist tot!", schoss sofort in mein Gehirn und nach wenigen Augenblicken fiel mir ein, dass ich einfach umgekippt war. „Was ist mit mir passiert? Wie lange liege ich schon hier? Welcher Tag ist heute?", waren die nächsten Überlegungen, die durch meinen Kopf peitschten. Ich zog mein Handy aus der Hosentasche und prüfte mit zugekniffenen Augen das viel zu helle Display. Es war immer noch Freitag, inzwischen allerdings 11:11 Uhr abends. Außerdem hatte ich zwei verpasste Anrufe von Tom auf dem Gerät. Er musste die Benachrichtigung über meinen Versuch, ihn zu erreichen, bekommen haben. „Habe ich wirklich die letzten sechs Stunden auf dem Boden verbracht?", säuselte ich mir leise und etwas zweifelnd vor, während ich mir die Hand auf die Stirn legte. „Woher kommen die Schmerzen in meinem Schädel?

Bin ich etwa auf den Kopf gefallen?" Mein ganzes Leben lang kannte ich solche Symptome nicht. Selbst nach langen durchzechten Nächten und mit unmenschlichem Kater wiederfuhr mir diese Art von Beschwerde nicht. Meine Schmerzen betrafen auch nicht meinen ganzen Schädel, sondern waren explizit in meiner Stirn, direkt mittig über meinen Augen. Ich blinzelte einige Male kräftig und schüttelte mich. Dann atmete ich tief durch, hob das Messer und den Fleischklopfer vom Boden und stellte mich, unter leichtem Stöhnen, auf meine Beine.

Bedrückt blickte ich zum Kopfende meines Bettes. Sie hing immer noch an der Wand und starrte ins Leere. Ich schüttelte den Kopf, drehte mich um und huschte in die Küche. Ich brauchte Wasser und fühlte mich, als ob ich einen See austrinken könnte. Unachtsam legte ich den Fleischerhammer und das Messer auf der Küchenzeile ab und nahm mir eine Flasche Mineralwasser aus dem Kühlschrank. Mit nur einem großen Zug hatte ich die Hälfte des Behälters geleert. In Gedanken ließ ich dabei Revue passieren, was sich in meiner Wohnung abgespielt hatte. „Ist das wirklich ein Engel, der an meiner Wand hängt?", zermarterte ich mein Hirn. „Woher kommt der Name Haniel überhaupt, der ist mir völlig fremd!", redete ich weiter auf mich selbst ein. „Wer kann mir jetzt helfen? Soll ich einen Pfarrer oder die Polizei um Hilfe bitten?"

Ratlos stand ich in meiner Küche und rätselte vor mich hin. Nebenbei leerte ich die Flasche fast vollständig. Es vergingen einige Minuten und ich kam auf keinen grünen Zweig. Auf alle Fälle hatte ich eine unbeschreibliche Ehrfurcht vor dieser Frau. Vielleicht konnte man es aber auch Sympathie nennen Ich wusste es nicht.

Der ungewöhnliche Duft war mittlerweile verschwunden und es roch wieder nach meiner Wohnung. Um einen klaren Kopf zu bekommen, fischte ich eine Zigarettenschachtel aus einer Schublade neben mir, öffnete sie und steckte mir einen Glimmstängel in den Mund. Auf der Suche nach einem Feuerzeug steuerte ich ins Wohnzimmer, wo immer eines neben dem Aschenbecher auf meinem Couchtisch zu finden war. Ich zündete die Zigarette an, zog kräftig an ihr und zwang den Rauch in meine Lungen. Augenblicklich spürte ich die entspannende Wirkung des Nikotins auf mein Gehirn. „Warum bin ich trotz der Vorkommnisse so gelassen?", grübelte ich, während ich mich auf das Sofa fallen ließ und eine Nachricht an Tom tipptc: „Hey mein Alter, wie geht's, wie steht's? Bist du noch wach?" Danach bestätigte ich das Senden und inhalierte abermals tief den Tabakrauch. Wie aus dem Nichts zischte ein Satz durch meine Nervenbahnen: *„Er kann nicht helfen!"*

Ich sprang von der Couch, stieß hart gegen den kleinen Kaffeetisch und schob ihn in Richtung Fernseher. „Wer ist da?", drückte ich überrascht in mein Wohnzimmer. Panisch drehte ich mich um meine eigene Achse und inspizierte den Raum. „Da ist niemand, du bist allein!", hörte ich mich selbst sagen und atmete beruhigt aus. „Ich gehöre wahrscheinlich eingewiesen!", schlussfolgerte ich in Gedanken. „Passiert so etwas auch Anderen und die reden nicht darüber?", war meine nächste Überlegung, mit der ich versuchte, die Situation herunterzuspielen. Ich drückte die Zigarette im Aschenbecher aus und erschrak vom lauten Geräusch der eingehenden SMS. Tom meldete sich: „Hey Meister, klar bin ich wach. Bin mit meinem Koch in der High Street unterwegs, sitzen im Pub. Warum hast du angerufen?" – „Wollte ich ihm den Grund dafür überhaupt sagen?"

Er war ein paar Jahre älter als ich und betrieb einen kleinen Imbiss am Camden Market. Dort gab es allerhand deutscher Spezialitäten zu essen. Sein Laden lief bestimmt nicht bestens und die Konkurrenz war hart, aber er verdiente genügend, um sich ein schönes Leben in London leisten zu können. Eigentlich war er gelernter Metzger aus einem kleinen Nest nahe der österreichischen Grenze. Die bayerische Gemütlichkeit hatte er als Kind offenbar mit dem Löffel gefressen, denn nichts und niemand konnte ihn aus der Fassung bringen. Bei meiner Situation war ich mir allerdings nicht so sicher.

Kennengelernt hatten wir uns, als ich in meiner ersten Woche in London hungrig über den Market geschlendert war. Dort hatte ich sein Schild mit der großen, orangen Aufschrift „German Bratwurst" gesehen und reflexartig auf Deutsch eine „Currywurst Pommes, rotweiß" bestellt. Er hatte gelacht, ich wurde rot und im Endeffekt wir Freunde. Es klickte einfach zwischen uns. Spaßeshalber nannte er es eine Bromanze. Ich für meinen Teil war froh, so schnell jemanden gefunden zu haben, mit dem ich mich mühelos verstand. Betrunken nannten wir uns gegenseitig immer den „Brother from another mother"[4]. In meinen Augen war er ein guter Mensch, aber was würde er zu dem Dilemma in meinem Schlafzimmer sagen?

Ich erwiderte, dass es nichts Wichtiges war und er bei Gelegenheit vorbeikommen solle. Während ich mein Handy wieder in meine Tasche steckte, fiel mein

---

[4] „Bruder einer anderen Mutter"

Blick auf den DVD-Player. Inzwischen war es 11:44 Uhr und somit bald Geisterstunde. Noch nie hatte ich darüber nachgedacht, heute war mir aber bei dem Gedanken an Mitternacht unwohl. Erstmal hatte ich allerdings andere Probleme. „Was mache ich mit der Leiche?", schnellte mir in den Kopf. „Ist es klug, die Polizei zu verständigen?", überlegte ich folglich und gab mir postwendend selbst die Antwort: „Es wird wohl das Beste sein!" Also zückte ich wieder mein Mobiltelefon, betätigte die Wahlwiederholung und versuchte es nochmals bei der 112. „The person you are calling is not available at present!"[5], dröhnte mir abermals entgegen. „Was zur Hölle geht ab?", zischte ich, während ich das Handy neben mich auf das Kanapee warf. Das durfte nicht wahr sein. Von der Polizei konnte ich wohl keine Hilfe erwarten. Zur Entspannung zündete ich mir noch eine Zigarette an, atmete kräftig durch und ließ mich tiefer in die Couch sinken.

Der blaue Dunst füllte langsam den Raum und half mir zu relaxen. Meine Kopfschmerzen hatten sich mittlerweile gebessert und waren nur noch als leichtes Pochen in der Stirn zu spüren. Aus irgendeinem Grund sehnte ich mich nach dem wohligen Rosenduft vom

---

[5] „Der angerufene Teilnehmer ist zurzeit nicht erreichbar."

Nachmittag. Mit dem blauen Dunst, den ich kontinuierlich in meine Wohnung blies, schien er endgültig verloren.

So vergingen einige Minuten, in denen ich über meine nächsten Schritte sinnierte. Bis zu dem Zeitpunkt, als ich ein Art Windhauch im Nacken zu spüren bekam. Dieser löste ein Kribbeln auf meiner Haut aus und änderte mein Gedanken schlagartig. „Wie fühlen sich wohl die Flügel des Engels an?", drängte sich in meinen Kopf, während ich nervös an meiner Zigarette zog. Was ging bloß in mir vor? Es war, als ob einzig und allein dieser Luftzug schuld an meiner Neugier hatte. Von einer Sekunde auf die nächste entwickelte ich das Bedürfnis, die Federn zu berühren. Ich musste wissen, wie sie sich zwischen meinen Fingern anfühlen würden. Wie geschmeidig sie durch meine Hände gleiten und mit einem unscheinbaren Ruck wieder in ihre angestammte Position rutschen würden. Mit jedem Atemzug steigerte ich mich mehr in dieses ungewöhnliche Verlangen. Mein nächster Schritt schien glasklar.

Ich stand unverzüglich auf und eilte ins Schlafzimmer. Die Zigarette hatte ich lässig im Mundwinkel hängen, während ich schnurgerade auf meine Hälfte des Bettes zusteuerte. Dort warf ich die Kippe in eine der leeren Plastikflaschen, die zuhauf neben meiner Schlafgelegenheit verfügbar waren. Ohne weitere Umschweife richtete ich dann meine ungeteilte Aufmerksamkeit auf die beiden Engelsschwingen.

Direkt vor mir lag der vermutlich rechte Flügel aufgebahrt. Die Außenseite zeigte nach oben, das Gelenk zum Kopf des Engels. Erwartungsvoll stand ich neben meinem Bett und richtete meine Augen abermals auf Haniel. Ihr Anblick war inzwischen nicht mehr abschreckend. Sie sah beinahe friedlich aus. Ihr Gesicht war umwerfend und das geronnene Blut konnte daran nichts ändern. Ganz im Gegenteil: Es verstärkte das Bild geradezu. Man hätte es nicht schöner malen können.

Langsam und voller Aufregung streckte ich meine Hand zu dem Flügel aus. Anfangs berührte ich die Federn nur zurückhaltend mit dem Zeigefinger. Sie waren weiß wie eine Rose und strahlten auf eine unbefleckte Art. Zusätzlich fühlten sie sich sanfter und weicher als Seide an. Ich war wie in einer Art Trance. Niemals zuvor hatte ich etwas Vergleichbares zwischen meinen Fingern gehabt. Für einen Atemzug vergaß ich den Rest der Welt und in dieser Sekunde gab es nur mich und die absolute Perfektion der Flügel. Ich war völlig in Gedanken versunken, als jemand unverhofft an meiner Wohnungstür Sturm klingelte. Mit einem Ruck wurde ich in die reale Welt zurück katapultiert.

„Wer ist das - um diese Uhrzeit - wie ein Irrer?", krachte in meine Gedanken. Wie von der Tarantel gestochen spurtete ich aus dem Schlafzimmer und zog die Tür hinter mir zu. Nach nur wenigen, leisen Schritten war ich auch schon an der Wohnungstür. Auf Zehenspitzen und mit einem flauen Gefühl im Magen bewegte ich mein Auge langsam auf den Türspion zu. Wer konnte das sein? „Ich bekomme kaum Besuch, erst recht nicht so spät!", ratterte durch meine Synapsen. Wollte mein nächtlicher Besuch vielleicht zu der Toten in meinem Schlafzimmer? Mein Herz schlug immer schneller. Ich riskierte einen vorsichtigen Blick und atmete beruhigt aus. Tom stand vor meiner Tür. Er torkelte und hielt einen Sechserpack Dosenbier in der Hand. Dazu konnte ich sein Schielen erkennen, dass er immer aufsetzte, wenn er zu viel getrunken hatte. Ich freute mich, dass er noch so spät vorbeigekommen war und öffnete grinsend die Tür. „Hey Tom, wie geht's?", begrüßte ich ihn nickend. „Ich hab' zu viele Car-Bombs getrunken!", hallte es zurück. „Kann ich bei dir schlafen? Ich hab' auch Frühstück dabei!" Bei diesem Satz deutete er mit dem Zeigefinger auf den Sechserpack. Ich musste für einen kurzen Moment lachen, überdachte dabei jedoch die Situation: „Es wäre nicht ungewöhnlich, dass er bei mir übernachtet, heute ist die Couch allerdings für mich reserviert." Scheinheilig führte ich das Gespräch fort: „Komm einfach mal rein! Wir haben doch erst vor dreißig Minuten geschrieben, wie hast du dich so schnell so zugerichtet?" Während er an mir vorbeischlich, murmelte er: „Ich habe eine Wette gewonnen!" - „Worum ging es denn?", antwortete ich teilnahmslos. „Trinkspiel! Wer kann schneller drei Car-Bombs trinken? Mein Koch wollte danach aber unbedingt nach Hause!", teilte er mir mit einem aufsteigenden Grinsen mit. „Dafür hat er allerdings die Rechnung gezahlt", prustete er zusätzlich heraus und sein stolzes Grinsen wurde noch breiter. „Hat dein Imbiss morgen etwa geschlossen oder was ist los?", gab ich retour. „Ich muss erst um 11:00 Uhr im Laden sein!", konterte er. „Jaja, setz dich! Willst du vielleicht lieber Wasser?", fragte ich freundlicherweise. Er warf sich auf die Couch und meckerte mir dabei die Antwort entgegen: „Ja, bitte. Dazu vielleicht noch ein Handtuch, dann kann ich mir die Füße waschen. Was zur ...? Wir trinken Bier!" Ich grinste und öffnete zwei Dosen. Einerseits sah ich ihn gerade nicht gerne in meiner Wohnung, schließlich war in meinem Schlafzimmer buchstäblich die Hölle

41

los. Andererseits freute ich mich, dass ich mich so auf ihn verlassen konnte.

Ich ließ mich also auch auf dem Sofa nieder und begann ein Gespräch über die vergangene Woche. Tom erzählte immer gerne von seinen verrücktesten Kunden. Sein Highlight der letzten Tage war eine ältere Dame, die ihre Wurst „medium rare"[6] bestellt hatte. Vor lauter Lachen verschluckte ich mich beinahe an meinem Bier. Leider wusste ich kaum unterhaltsame Geschichten und berichtete deshalb nur von einer ruhigen Woche auf dem Friedhof. Mein Geheimnis im Schlafzimmer behielt ich allerdings für mich.

Nach einiger Zeit hatte jeder sein zweites Bier in der Hand und unzählige Zigaretten geraucht. Mit jedem Schluck, den Tom aus seiner Dose nahm, konnte man beobachten, wie sich sein Schielen verschlimmerte.

Nachdem er den zweiten Gerstensaft geleert hatte, schwang er sich lallend auf und grunzte: „Ich muss mal eben, holst du die letzten Dosen?" Mit diesen Worten verschwand er auch schon zur Toilette. Ich sprang voller gute Laune vom Sofa und marschierte in die Küche.

Auf meinem Weg bemerkte ich aus dem Augenwinkel, dass Tom abermals strauchelte und

---

[6] „halb durchgebraten"

anstatt die rechte Tür zum Bad, die Tür zu meinem Schlafzimmer aufriss. Ich versteinerte für den Bruchteil einer Sekunde und noch bevor ich etwas sagen konnte, war er schon darin verschwunden. Mir gefror das Blut in den Adern. „Ach du Scheiße!", schrie ich in meinem Kopf. „Ich habe vor lauter Eile nicht abgesperrt!" Wie so oft entwich mir ein leises: „Fuck!"[7]. Ich zog den Kopf in den Nacken und erwartete einen Schrei. Die Wohnung blieb jedoch still und man konnte nur leises Gemurmel hören: „Entschuldigung, ich bin hier falsch." – „Mit wem redete er?" Sofort folgte ich in mein Schlafgemach und schaltete das Licht ein.

Der gekreuzigte Erzengel hing nach wie vor an der Wand und war offensichtlich. Tom stand direkt vor meinem Bett und vollführte einen kleinen Ausfallschritt, um sein Gleichgewicht zu halten. Trotz allem, er musste Haniel sehen. Man konnte sie nicht übersehen. Ich war perplex und bohrte hinterlistig nach: „Fällt dir hier etwas auf?" - „Klar, ich bin nicht im Bad!", hallte es mit spottendem Unterton zurück. „Keine Sorge, ich mach´ schon nirgendwo hin!", ergänzte er. „Du solltest dir mal eine neue Bettdecke kaufen, deine lässt ganz schön Federn! Das sieht auf der schwarzen Bettwäsche ziemlich scheiße aus!" Er

---

[7] „Scheiße!"

deutete dabei auf meine Liegefläche, auf der für mich nach wie vor zwei Flügel zu sehen waren.

„Du...Du siehst ein paar Daunen und sonst nichts?" stammelte ich Tom entgegen. „Ja, klar. Was sonst? Bin ich besoffen oder du?", bekam ich in einem sarkastischen Tonfall zu hören. „Von was redest du überhaupt?", fügte er noch hinzu und schaut mich mit einem verwunderten Gesichtsausdruck an. In mir drehte sich der Magen um und mir rutschte das Herz in die Hose. „Was ist nur los mit mir?", hämmerte in meinem Schädel. „Nur ein paar Daunen auf dem Bett", wiederholte ich in Gedanken: „Nur ein paar Daunen." Der leblose Körper war nicht zu übersehen, es blieb nur eine Möglichkeit: Haniel war für Tom nicht zu sehen. Der Zweifel an meinem eigenen Geisteszustand wurde stärker und die Verwirrung, die Tom soeben erschaffen hatte, musste ich erst einmal verdauen. Da ich allerdings nicht wollte, dass er etwas davon mitbekam, setzte ich ein gezwungenes Lächeln auf und antwortete: „Ach nichts, vergiss es einfach." Ich sprach diese Worte so ruhig aus, wie ich nur konnte. In mir rotierten trotzdem alle möglichen Überlegungen: „Was, wenn ich wirklich nicht ganz dicht bin? Was, wenn ich mir alles einbilde und die Wand wirklich leer ist?" Währenddessen drängten sich urplötzlich Gedanken in meine Synapsen: *„Warum fühlen sich die Federn so gut* *an?"* Ich kam mir vor, als ob mir jemand einen vorgefertigten Gedankenfluss einfach in mein Hirn drückte. Ich konnte mich nicht dagegen wehren. Ohne Vorwarnung stürzte direkt darauf ein gegenteiliger Gedankenstrang auf mich ein: *„Das ist alles nur in deinem Kopf!"* Tom sah mich mit verwunderten Augen an, zuckte mit den Schultern und raunte: „Ich muss echt mal, lass mich durch!" Mit diesen Worten schob er sich an mir vorbei. In mir war aber gerade etwas Unwirkliches passiert. Ich fühlte mich, als ob Engelchen und Teufelchen wahrhaftig auf meiner Schulter erschienen waren und um mein Bewusstsein kämpften.

Tom war aus dem Zimmer verschwunden und man konnte ihn, beim Benutzen der Toilette, hören. Ich stand nach wie vor versteinert vor meinem Bett und blickte auf den Engel. „Bin ich verrückt?", nuschelte ich vor mich her. Irgendwie bestätigend erklang darauf die Klospülung aus dem Bad. Ich schüttelte mich, verließ das Schlafzimmer und schlurfte auf direkten Weg zum Kühlschrank. Sobald ich allerdings wieder auf der Couch saß, war ich in Gedanken: „Ich habe bestimmt einfach nur einen Sonnenstich, das wird's sein, vermutlich." Es musste schließlich einen plausiblen Grund geben. „Man wird doch nicht von einem auf den anderen Tag verrückt!" Ich wollte es mir vermutlich nur schönreden. Da platzte Tom in meine Gedanken:

„Hey mein Alter, ich bin platt. Ich glaube, ich geh jetzt lieber nach Hause, es ist auch schon nach eins. Eigentlich wollte ich nicht so lange bleiben, muss ja morgen raus." Mein Blick fiel auf den DVD-Player. Es war 1:11 Uhr. „Jo, ich gehe dann auch schlafen!", gab ich zurück, obwohl für mich an Schlaf nicht zu denken war.

Binnen Sekunden war Tom dabei seinen Pullover anzuziehen. Er war betrunkener als gedacht und benötigte wieder einen Seitschritt, um stehenzubleiben. Sofort fing ich an zu grinsen und folgte ihm zur Haustür. Wir verabschiedeten uns kurz und schon war er aus der Wohnung verschwunden und auf dem Nachhauseweg. Ich trabte direkt ins Schlafzimmer, um dort weiterzumachen, wo ich aufgehört hatte.

Folglich positionierte ich mich wieder neben mein Bett und ging leicht in die Knie. Langsam berührte ich die Flügel mit einem Finger, dieses Mal nicht mehr so zaghaft, aber immer noch vorsichtig. Die Federn fühlten sich himmlisch an. Ich war sofort in ihrem Bann und legte die Außenseite meiner Hand auf den Flügel. Dann strich ich langsam an der Schwinge nach oben. Prompt lief mir ein Schauer über den Rücken. Dieser war aber alles andere als ein schlechtes Gefühl. Eher, als ob alle Verspannungen in meinem Körper momentan verschwunden waren. Meine linke Hand strich weiter nach oben und ich folgte mit der rechten. Der Schauer wurde mit jedem Zentimeter, dem ich dem Gelenk näherkam, stärker. Mein ganzer Körper schien zu zittern und zu beben. Ich empfand es, als ob meine Seele vor Freude auf und ab hüpfte. Als ob ich etwas lange Verschollenes wiedergefunden hatte. Etwas, bei dem ich nie damit gerechnet hatte, es jemals wieder zu bekommen. Zeitgleich drängte sich eine Brise des Rosenduftes in meine Nase und das beruhigende Gefühl vom Nachmittag stieg abermals in mir auf. Je länger ich meine Hände über die Flügel gleiten ließ, umso wagemutiger wurde ich. Nach einiger Zeit hatte ich genügend Mut gesammelt, um den Engel selbst zu berühren. Dazu hob ich den Flügel vor mir an und platzierte ihn sorgsam auf dem anderen. Ich achtete dabei penibel darauf, die weißen Federn nicht in die Pfütze zu tauchen oder mit dem verschmierten Gelenk auch nur eine Feder zu verschmutzen.

Sobald ich das erledigt hatte, kniete ich mich mit einem Fuß auf das Bett. Meine Hand bewegte sich nun langsam nach oben zu dem leblosen Engel. Mittlerweile war das Verlangen unwiderstehlich. Ich musste wissen, wie sich die Haut dieses zarten Wesens anfühlte.

Ich erinnerte mich an einen Urlaub in Australien, in dem ich zum ersten Mal mit Delphinen geschwommen war. Damals war ich noch jung und hatte große Angst die Tiere zu berühren. Um es letztendlich zu tun, war einiges an Überwindung notwendig. Im Endeffekt war es aber ein unbeschreibliches und unvergessliches Erlebnis. Mit diesen Gedanken hielt ich nochmals kurz vor Haniels Gesicht inne und betrachtete den Körper. Mittlerweile erstrahlte der Engel wieder in dem blauen Licht. Für mich erweckte das den Anschein, als ob ich gerade das Richtige tat. Selbst wenn es jedoch nicht richtig war - es war mir egal. Ich musste sie berühren.

Ich streifte zuerst mit vier Fingern entlang ihres Oberarms. Ihre Haut fühlte sich so zart und geschmeidig an, als ob sie nicht von dieser Welt war. Zu meinem Erstaunen war die Leiche nicht kalt, sondern wärmer als Raumtemperatur. Gedankenverloren strich meine Hand weiter und näherte sich dem Gesicht. Den Hals ließ ich dabei aus, um meine Finger nicht mit der ihrem Blut zu beschmieren. Vorsichtig und ohne die Symbole zu berühren, strich ich dann über ihre Wange. Ich fühlte mich, als würde ich schweben, obwohl meine Beine fest auf dem Boden standen. Um dem Himmelsboten die Augen zu schließen, legte ich ihr vorsichtig die Innenseite meiner Hand auf ihre zarten Augenbrauen, damit ich dann dem Gesicht entlang streichen konnte.

Dabei achtete ich penibel darauf, das Petruskreuz nicht zu berühren.

Kaum hatte ich jedoch meine Hand positioniert, rutschte mein rechter Fuß unerwartet nach hinten, als ob mir jemand das Bein wegziehen würde. Dadurch verlor ich für den Bruchteil einer Sekunde die Balance und mein Oberkörper fiel nach vorne. Im Reflex stützte ich mein Gleichgewicht mit der einen Hand vor den Flügeln ab. Unbewusst drückte ich jedoch auch meine Handinnenfläche gegen Haniels Stirn und bedeckte die kreuzförmige Wunde. Unverzüglich spürte ich einen Stromschlag, der meinen Arm entlang zu meinem Körper schoss. Instinktiv versuchte ich, meine Hand von ihrer Stirn zu nehmen, doch war wie angeklebt. Innerhalb weniger Augenblicke erreichte der Stromschlag mein Gehirn. Ab diesem Zeitpunkt war ich zu keiner Regung mehr fähig. Der Stromstoß löste eine Detonation in meinem Schädel aus, die ich hauptsächlich in meiner Stirn zu spüren bekam.

Wieder drängte sich ein Gedankengang in mein Bewusstsein: *„Sie starb für dich. Lass es nicht umsonst gewesen sein."* Im Handumdrehen zogen Erinnerungen aus meinem Leben an mir vorbei und ich konnte mich selbst aus einer Beobachterperspektive sehen. *„Ihre Augen.",* hallte in meinem Kopf. Beinahe dreißig Jahre zeigten sich innerhalb von Momenten vor meinem inneren Auge. Während die Bilder vorbeiflogen, wurde mir sofort klar, dass das Haniels Erinnerungen waren. Sie war mein Leben lang bei mir gewesen und hatte über mich gewacht.

Damals, als ich als Kind vom Baum gefallen war und mir den Arm gebrochen hatte, war sie an meiner Seite und linderte meinen Schmerz mit einer kleinen Berührung. Sie durfte nicht verhindern, dass ich mir den Knochen brach. Ihr waren die Hände gebunden. Es war eine Erfahrung, die ich meiner Seele noch schuldete. Ich konnte es förmlich spüren. Sie hatte ihr Möglichstes getan, wie immer. Es gab aber noch viele andere Situationen, denen ich mir nie bewusst gewesen war.

Als mich meine Eltern nach der Geburt aus dem Krankenhaus nach Hause brachten, wären wir ohne den Beistand des Engels in einen Autounfall verwickelt gewesen. Haniels Lösung dafür war mehr als beeindruckend. Sie ließ dem Fahrer des nebenan parkenden Wagens eine Glasflasche aus der Hand rutschen. Dann sorgte sie dafür, dass eine der Scherben hinter unserem Reifen landete. Zum Abschluss ließ der Engel meinen Vater die Scherbe übersehen. Innerhalb weniger Meter war das Rad luftleer und eine Weiterfahrt unmöglich. Hätten wir diesen Platten nicht gehabt, hätte uns in der letzten Kreuzung vor unserem

Haus ein vollbesetzter Lastkraftwagen mit kaputten Bremsen frontal gerammt. Das wusste ich, ohne dass es jemals passiert war. Unser Auto wäre innerhalb von Sekunden in Flammen aufgegangen und niemand hätte überlebt. Trotzdem sah ich meinen Vater während dem Reifenwechsel auf dem Parkplatz fluchen. Er hatte nicht die geringste Ahnung, wie viel Glück er hatte.

Auch als ich mit achtzehn auf dem Weg zum Einkaufen einen schweren Autounfall verursachte, war Haniel zur Stelle. Einer der Feuerwehrleute hatte mir im Nachhinein ins Gesicht gesagt, dass er, anhand des Wracks, niemals mit einem Überlebenden gerechnet hatte. Ich war viel zu schnell unterwegs gewesen, von der regennassen Fahrbahn gerutscht und mit der Beifahrerseite in einen massiven Baum gekracht. Bis auf eine gebrochene Nase und kleinere Schürfwunden blieb ich unverletzt. Von meinem Auto erkannte man allerdings nicht einmal mehr den Hersteller. Der größere Zufall war jedoch, dass eigentlich meine Cousine auf dem Beifahrersitz hätte sitzen sollen. Sie hatte sich allerdings, nur wenige Minuten bevor ich sie abholen sollte, durch einen simplen und unscheinbaren Niesanfall den Hals verrenkt. Da sie sich nicht mehr schmerzfrei bewegen konnte, blieb sie zu Hause und überlebte den Tag unbeschadet. Meine Mutter nannte es ein Wunder und erzählte mir, dass auf uns beide

Schutzengel aufpassen würden. Damals hielt ich das für Unsinn, jetzt glaubte ich ihr.

Ich erkannte durch die Engelsaugen auch die unscheinbaren Dinge, die sie für mich getan hatte. Es waren immer Kleinigkeiten, denen ich nie Beachtung geschenkt hatte, die mein Leben aber oftmals von Grund auf veränderten. Sie räumte mir in allen Lebenslagen Steine aus dem Weg und ließ mich im richtigen Moment in die passende Richtung blicken. Auf einer Party stieß sie mir den Schnapsbecher aus der Hand, um die Schuhe meiner nächsten Freundin in Alkohol zu tränken. Das war die Geschichte unseres Kennenlernens.

Auch als ich beschlossen hatte nach London zu ziehen und nicht wusste, wie ich das finanziell stemmen sollte, stand sie mir helfend zur Seite. Sie fügte mir die Idee in den Kopf und ließ mich aus Langeweile durch die Stadt schlendern. Unterwegs traf ich einen alten Bekannten, den ich seit Jahren nicht gesehen hatte. Er erzählte mir von einem Lottogewinn und ich wurde neugierig. Einige Wochen später kaufte ich mir selbst für ein paar Euro Lose. Mit einem gewann ich dann einen schönen, vierstelligen Betrag, den ich für den Umzug nutzten konnte. Diese Zusammenhänge waren mir früher nie aufgefallen.

Der Engel stellte auch sicher, dass Toms Aushilfe mit Grippe im Bett lag und er kassieren musste, als ich zum ersten Mal vor seinem Imbiss stand. Ansonsten hätten wir uns möglicherweise nie kennengelernt.

Zusätzlich zu all diesen liebevollen Dingen war da aber noch etwas, das ich nie geahnt hatte und das wohl keinem Menschen bewusst war. Ich konnte durch Haniels Augen sehen, wie unzählige Engel ständig im Kampf mit einer Überzahl schwarzer Gestalten waren. Diese kamen direkt aus der Hölle und hatten nur ein Ziel. Die Seelen der Menschen vergiften und neue Krieger für die Unterwelt erschaffen. Immer und überall wurde jeder Mensch von unzähligen dieser Schatten belagert. Sie bestanden nicht aus Materie, sondern schwarzem Nebel und waren unsichtbar für die Augen eines Sterblichen. Diesen Schatten stellten sich Heere aus Engeln entgegen. Jedes Lebewesen auf der Erde hatte mindestens einen Engel, viele auch mehr. Sie beschützten uns mit all ihrer Macht vor den dunklen Gestalten.

Es war ein episches Bild, das mich auf einem Festival mit etwa 50.000 anderen Besuchern zeigte. Auf jeden Anwesenden kamen einige dunkle Kreaturen, die sich in allen vorstellbaren Formen zwischen den Menschen tummelten. Die Engel waren in der Unterzahl, aber perfekt ausgebildete Krieger mit magischen Waffen, die in allen Farben des Regenbogens leuchteten. Beide Parteien lieferten sich eine Schlacht, die man in keinem Film zu Gesicht bekommt. Jeder Engel unterstützte den anderen und sie funktionierten wie eine perfekt geölte Maschine. Problemlos wehrten sie die gegnerischen Massen ab und nur selten wurde jemand von den Gestalten berührt. In Ausnahmefällen ließen die Engel das Dunkle sogar zum Menschen durch. Die Höllenfiguren hängten sich dann an das Ohr des Einzelnen und versuchten ihn zu beeinflussen. Manche Menschen schienen das zu benötigen, um zu wachsen und sich zu entwickeln.

Die dunklen Gestalten konnten sich formen wie ihnen beliebte und ahmten so die größten Ängste ihrer Beute nach. Wenn jemand Angst vor Spinnen hatte, nahm der Schatten diese Gestalt an. Die Menschen konnten das zwar mit ihren Augen nicht erkennen, im Unterbewusstsein spürten jedoch die Meisten, dass ihnen in ihrer Umgebung etwas zuwider war. Schon die Berührung dieser Gestalten implementierte schlechte Gedanken ins menschliche Hirn. Zusätzlich schienen sie miteinander vernetzt zu sein und konnten so einen psychologischen Krieg ins Leben rufen, den die Welt noch nicht gesehen hatte. Sie pflanzten Eifersucht, Neid und Habgier in die Gedanken von Freunden, spielten sie gegeneinander aus und ließen

Hass gedeihen. Sie stifteten Menschen an zu Zweifeln und brachten sie zum Lügen, Morden und Stehlen.

Einen Menschen körperlich verletzen konnten nur die Allerstärksten. Der Rest war zu schwach, um in unsere Welt zu wechseln. Selbst die stärksten Gestalten konnten das nur für wenige Augenblicke. Die Menschheit kannte diese Erscheinungen als Poltergeister. Sie jagten den Menschen Angst ein, indem sie Tische verschoben oder sich in dunklen Ecken blicken ließen. Äußerst selten waren Vorfälle, bei denen Personen ernsthaften physischen Schaden durch die dunklen Gestalten erlitten. Im extremsten Fall warf der Dämon den Menschen durch den Raum, verbrauchte damit all seine Energie und verschwand wieder in seine Dimension um Kraft zu tanken. Ab und zu wurden Menschen von Dämonen sogar getötet. Dies geschah allerdings nie durch direkten Kontakt, sondern durch Fehlfunktionen, die Dämonen an Maschinen verursachten oder durch übelste Gedanken, die in berauschte Gehirne gepflanzt wurden. Ob es sich dabei um einen jungen Mann handelte, der im Drogenrausch dachte, er könne fliegen und vom Dach sprang oder ob es die Funktionsstörung einer Seilbahn war, bei der mehrere Menschen auf einmal ihr Leben ließen, war egal. In unserer Welt wurde es einfach als ein unglücklicher Unfall abgeschrieben.

In erster Linie war das Ziel der bösen Gestalten jedoch die Rekrutierung dunkler Seelen. Jedes Mal, wenn ein Mensch etwas Schlechtes tat, erschienen kleine schwarze Flecken auf seiner Seele, die im Urzustand weißer als Schnee leuchtete. Nur völlig reine Seelen durften in den Himmel. Die anderen wurden an der Pforte abgewiesen und zur Hölle geschickt. Dort hatten sie die Möglichkeit, sich im Fegefeuer zu quälen und von ihren weltlichen Sünden rein zu waschen. Weigerten sie sich, wandelten sie auf Erden. Dort konnte der Teufel von ihnen Besitz ergreifen und in die Hölle ziehen, wo sie langsam zu einer der schwarzen Gestalten wurden. Je dunkler die Seele, umso leichter war es für Satan, diese zu übernehmen. Er entsandte nachfolgend die verlorenen Seelen wieder auf Erden, um mehr der guten zu vergiften. So entstand ein ewig währender Kreislauf aus Gut und Böse.

Wessen Seele sich schwärzte, hatte allerdings nichts mit der Häufigkeit der Berührungen oder der Stärke der Dämonen zu tun. Das lag allein an der Persönlichkeit des Einzelnen, denn, solange sie nicht im Himmel war, hatte jede Seele ihren freien Willen. Die Dämonen versuchten lediglich, diesen Willen zu beeinflussen und zu schlechten Taten zu verleiten. Ein Mensch konnte daher, trotz vergifteter Gedanken, allen Lebewesen in seiner Umgebung nur seine liebevollen und guten Seiten zeigen. Somit wurde jeder Mensch seines eigenen Glückes Schmied, konnte durch gute Taten seine Seele schon zu Lebzeiten von den schwarzen Flecken befreien und sich die Höllenqualen ersparen.

Durch Haniels Augen konnte ich mich oft umgeben von Dämonen beobachten. Bei mir schien das sogar häufiger vorzukommen, als bei anderen Menschen. Den Grund dafür konnte ich mir allerdings nicht zusammenreimen. Nichtsdestotrotz fand ich mich in unzähligen Situationen wieder, in denen die Dämonen eine Erklärung für meine Entscheidungen waren.

Während meiner Pubertät hatte ich zum Beispiel eine Geldbörse mit beinahe 1000 Euro Bargeld gefunden. Genau zu diesem Zeitpunkt fielen Dutzende der Dämonen auf mich ein. Haniel konnte und durfte nicht alle stoppen. Unzählige Kreaturen drangen zu mir durch und ich entschied mich, nicht nach dem Besitzer zu suchen, sondern das Lederportmonee samt Inhalt an der nächsten Brücke zu versenken und mit dem Geld Drogen zu kaufen. Was mit dem rechtmäßigen Besitzer passierte, war mir egal. In meiner jetzigen Situation wusste ich jedoch, dass es sich um die Ersparnisse eines jungen Pärchens handelte, das sich im Streit über das Geld schlussendlich getrennt hatte. Er lebte ein glückliches Leben, sie blieb jedoch für den Rest ihres allein. Ich hatte also mit einer dummen Entscheidung Kreise gezogen, die viel weiterreichten, als ich es jemals für möglich gehalten hatte.

Mittlerweile waren die Bilder schon so weit vorangeschritten, dass ich mich beim Ausheben der Zwillingsgräber beobachten konnte. Auch hier überfiel mich eine Unzahl Dämonen. Dadurch konnte ich die beeindruckende Kampftechnik des Engels besser begutachten. Sie wich überlegen einem Dämon nach dem anderen aus und berührte dabei jeden mit ihrem blau leuchtenden Schwert. Mir kam es vor, als ob sie genau wusste, was im nächsten Augenblick passieren würde. Es war magisch. Allein die leichte Berührung mit der Waffe reichte aus, um die Dämonen verschwinden zu lassen und wieder vor die Entscheidung am Himmelstor zu stellen.

Mein damaliges Ich arbeitete inzwischen seelenruhig an den Gräbern, stützte sie ab und brachte die überschüssige Erde weg. Der Engel bekämpfte währenddessen den nicht enden wollenden Strom an Schattengestalten. Dass eine solche Schlacht auf einem Friedhof möglich war, hatte ich nicht für möglich gehalten. Ich hatte Friedhöfe immer für heilige Orte gehalten. Augenscheinlich war das ein Lüge.

Gerade als ich meine Arbeit an den beiden Ruhestätten beendet hatte, betrat etwas Mächtiges den

Totenacker. Haniel erspähte die Kreatur sofort. Ich hatte in meinem Leben noch nie eine solche Gestalt gesehen, doch kannte ich seinen Namen: Asasel.

Sein Auftreten erinnerte an den Teufel höchstpersönlich: Die untere Hälfte mit den felligen, braunen Beinen und den großen Hufen konnte direkt einem Wildschwein entstammen. Er bewegte sich in einer gebückten Haltung fort. Sobald er jedoch nah genug am Geschehen war, reckte er seinen Körper, um auf eine stattliche Größe zu kommen. Sein Gesicht hatte menschliche Züge, kombiniert mit der Schnauze eines Schweines. Der Oberkörper war human geformt und muskulös. Asasel trug lange braune Haare, die ungepflegt und spärlich an ihm herunterhingen. Aus seiner Schnauze entsprangen vier Hauer, jeweils zwei auf jeder Seite. Diese zeigten steil nach oben und waren, wie der restliche Körper, von oben bis unten verschmutzt. Auch sonst sah man ihm seine Herkunft an. Er war mit Ketten und zerrissenen Ledertüchern gekleidet, trug große Narben am Körper und wirkte furchteinflößend. Etwa zwanzig Meter von Haniel verschränkte er seine Arme. Sein Schwert hielt er dabei fest umklammert und steil nach oben in der einen Hand, die andere hatte er zur Faust geballt. Er blieb stehen, wartete und observierte.

Während sich mein Alter Ego bereit für den Nachhauseweg machte, kämpfte Haniel ununterbrochen weiter. Asasel schien verschwunden zu sein, in der U-Bahn verringerte sich der Andrang an Dämonen zusätzlich und die Situation entspannte sich. Auf dem Fußweg zwischen der U-Bahnstation und meiner Wohnung waren so gut wie keine schwarzen Gestalten zu sehen.

Erst einige Meter vor meiner Wohnung attackierten die Kreaturen abermals. Für Haniel war das jedoch kein Problem. Wie immer wich sie einem Angreifer nach dem nächsten aus und machte ihn unschädlich.

Plötzlich und wie aus dem Nichts tauchte Asasel jedoch hinter mir auf und griff an. Er war einer der obersten Dämonen und hatte ausreichend Energie um großen Schaden anzurichten. Er schwang sein mannsgroßes Schwert und holte zu einem vernichtenden Hieb aus. Haniel war allerdings rechtzeitig zur Stelle und blockte das Manöver mit ihrem Schwert und einer gekonnten Drehbewegung. Diese Szenen spielten sich inmitten der Bauarbeiter ab, die in meiner Straße den Beton aufrissen. Einem der Männer konnte man ansehen, dass ihn ein kalter Hauch erwischt hatte. Ansonsten bemerkten die Jungs allerdings nichts von dem Kampf, der um sie herum im Gange war. So schnell wie er aufgekreuzt war, war

Asasel auch wieder verschwunden und die letzten Schritte zu meiner Wohnung verliefen in völliger Ruhe.

Während ich meine Haustür aufsperrte, tauchte Asasel überraschend hinter Haniel auf und griff den Engel direkt an. Diese Vorgehensweise war außergewöhnlich und unvorhersehbar, da sich die Ausgeburten der Hölle sonst explizit auf ihre Beute konzentrierten. Bis Haniel realisiert hatte, was vor sich ging, hatte Asasel sein Schwert schon in ihre Seite gerammt. Als sich Haniel zu ihrem Peiniger umdrehte, nutzte Asasel die Schrecksekunde und schlitzte dem Engel mit dem nächsten Schlag die Kehle auf. Die blaue Flüssigkeit spritzte aus ihrem Hals und ließ für einen Wimpernschlag ein Licht erstrahlen, das die Wand neben meiner Haustür erhellte. Haniel rutschte ihr Schwert aus der Hand, sie fasste sich mit beiden Händen an die Kehle und ging auf die Knie. Dabei blickte sie mit aufgerissenen Augen zu Asasel und versuchte zu verstehen, was ihr gerade wiederfuhr. Währenddessen stellte sich das leuchtende Schwert unbemerkt in eine aufrechte Position. Für einen Moment hielt es inne und schwebte still im Raum. Dann preschte die Waffe mit unglaublicher Geschwindigkeit zum Himmel. Für mich wirkte das wie ein Notrufsignal.

Asasel packte sich ohne Abschweife den verletzten Engel und schleifte ihn durch die Wand in mein Schlafzimmer. Dort schmiss der Dämon den Engel mit dem Gesicht nach unten auf den Boden, genau dort, wo ich das Bewusstsein verloren hatte. Zwischenzeitlich hatten sich auch wieder mehr der Schattengestalten eingefunden, die sich im Kreis um das Geschehen anordneten und Asasel mit ekelerregenden Lauten anfeuerten. Der Dämon rammte sein Schwert in den Boden und stellte sich als Nächstes mit beiden Hufen auf Haniels Rücken. Er ging etwas in die Knie und griff sich, knapp oberhalb der Gelenke, die Flügel des Engels. Mit voller Kraft und einem lauten Grunzen zog er dann an den Schwingen. Ich konnte Haniels Schmerz spüren. Ich hörte ihre Knochen brechen und schlussendlich riss Asasel mit einem Knacken die Flügel aus dem Körper. Die Sehnen streckten sich und ließen beim Reißen nochmals einen kleinen Knall ertönen. Ab diesem Zeitpunkt war Haniel im Delirium. Sie war zwar bei Bewusstsein, ihre Wahrnehmung aber getrübt und von einer Stille ummantelt. Ohne ihnen Beachtung zu schenken, warf Asasel die Schwingen auf mein Bett, während er Haniel mit einem Tritt auf den Rücken drehte. Anschließend zog der Dämon ein tiefschwarzes Messer aus seinem Gürtel und ließ sich neben Haniels Kopf auf einem Knie nieder. Ich konnte durch ihre Augen sehen, wie er kurzzeitig lächelte. Dann holte er aus und vertiefte die Wunde an der Kehle mit einem kraftvollen Hieb.

Es dauert nur Augenblicke und Asasel hatte Haniel vom Boden aufgehoben und auf seiner Schulter abgelegt. Während er die wenigen Schritte zur Wand ging, zog er die Nägel aus einer versteckten Tasche unter seinem Ledergewand. Dann stützte er den Körper mit der Schulter gegen das Mauerwerk und trieb die Nägel mit bloßer Faust und höchster Präzision durch die Schlüsselbeine in die Wand. Bei jedem Schlag zuckte Haniel und schloss kurz die Augen. Dann packte sich Asasel die Füße, platzierte sie und rammte nacheinander die Nägel durch die Fußrücken. Zum Schluss blieben die Arme übrig. Einen nach dem anderen positionierte der Dämon, um dann die Nägel durch die Handgelenke zu schlagen. Haniel blieb gefasst und ertrug ihre Leid. Erst als der Dämon die ersten Linien der Symbole in ihr Gesicht ritzte, wurde der Engel angespannt und unruhig.

Den herabhängenden Kopf fixierte Asasel mit der linken Hand, in der rechten hielt er das Messer. Zuerst fing er mit dem Kreuz auf der Stirn an und wechselte dann zu den Wangen. Haniel zerriss es innerlich vor Schmerz. Aufgrund der Wunde an ihrem Hals konnte sie aber schon lange keinen Laut mehr von sich geben. Augenscheinlich waren es die Symbole, die die Energie aus ihrem Körper trieben.

Je mehr Asasel ritzte, umso besser wurde sein Gesicht durch das Blut in ein blaues Licht getaucht. Seine tiefschwarzen Augen waren furchterregend und ließen tiefe Abgründe erahnen. Ich konnte eine Leere entdecken, die ich vorher noch nie gesehen hatte. Ein fürchterlicher Anblick.

Zeitgleich mit der letzten Linie, die Asasel in die Wange ritzte, erschien hinter ihm auf Höhe seines Halses ein feuerroter Strich. Simultan erschien Erzengel Michael im Zimmer und packte Asasel Kopf an den wenigen Haaren. Sein Körper sackte zusammen, während Michael den herabhängenden Schädel hielt. Innerhalb weniger Sekunden löste sich der Torso in schwarzen Nebel auf und verschwand. Diese Zeit nutze Michael, um den anderen dunklen Gestalten, die sich nach wie vor um das Geschehen tummelten, den Kopf Asasels zu präsentieren. Alle flohen, so schnell sie konnten.

Mehr konnte ich nicht erkennen. Das war Haniels letzte Erinnerung. Michael war der stärkste Krieger der Engel und nahezu unbesiegbar. Dieses Mal war er zu spät.

Kapitel 3

Ich wurde in meinem Schlafzimmer wach. Es musste inzwischen schon morgens sein, da Tageslicht durch die Fenster drang. Ich kniete vor meiner Seite des Bettes, der Oberkörper ruhte darauf. Mein Gesicht hatte ich zur Kopfseite gedreht und meine Brille lag vor mir. Die Arme streckte ich ab, ähnlich dem Engel. Um mich an die Helligkeit des Raums zu gewöhnen, öffnete ich langsam die Augen. Ich stöhnte und reckte mich, dabei begutachtete ich das Zimmer. Mein Kopf dröhnte, als ich mich umsah. Die Erinnerung an letzte Nacht war stark verschwommen und das Pochen in meinem Schädel erschwerte das Nachdenken zusätzlich. Ich wusste, dass Tom nach Hause gegangen war und ich Haniel berührt hatte. Danach bestanden mein Gedächtnisinhalt ausschließlich aus Momentaufnahmen. „Was ist passiert?", war mein erster Versuch, den Abend rekapitulieren zu lassen. Ich wusste, dass etwas Unglaubliches geschehen war, konnte aber beim besten Willen nicht einmal daran denken. Ich fühlte mich, als ob die Erinnerung im Labyrinth meines Gehirns zwar zugänglich war, ich aber den Weg nicht finden konnte. Ein ähnliches Gefühl kannte ich aus meiner Kindheit. Damals war ich von einem Klettergerüst auf den Kopf gefallen und mein Gedächtnis für einige Minuten ausgelöscht. Ich wusste noch, dass ich auf das Spielgerät zugelaufen war. In meiner nächsten Erinnerung lag ich allerdings weinend auf dem Boden vor den Füßen meiner Mutter. Sie hatte einen panischen Gesichtsausdruck und Tränen in den Augen. Die Minuten dazwischen waren ausradiert.

Erst einige Tage später im Krankenhaus füllten sich die Gedächtnislücken wieder. Ein alter Balken des Gerüsts war gebrochen und ich aus großer Höhe auf den Hinterkopf gestürzt. Mein Malheur musste spektakulär ausgesehen haben. „So wird es auch dieses Mal sein, die Erinnerung kommt zurück!", redete ich mir ein und schob damit jegliche Bedenken zur Seite. Das Bild meiner, vor mir stehenden Mutter hatte sich jedoch tief in meine Synapsen gebrannt.

Ich blinzelte wiederholt und schüttelte mich. Das Zimmer sah wieder gewohnt aus. Selbst Haniel war von meiner Wand verschwunden und nicht einmal Nagellöcher waren zurückgeblieben. Meine Augen überprüften zusätzlich die Liegefläche und mit einem leisen Gähnen kroch ich kurzentschlossen in mein Bett. Die Flügel und die bläuliche Pfütze hatten sich ebenfalls in Luft aufgelöst. Mit einem erleichterten Stöhnen ließ ich mich auf mein Kopfkissen fallen.

Aus Neugier linste ich auf den Radiowecker neben meinem Bett. Es war 8:44 Uhr und damit viel zu früh, um an einem freien Samstag aufzustehen. Infolgedessen blieb ich liegen und versuchte zu schlafen. In meinen Gedanken herrschte jedoch ein zu großes Durcheinander und ich wälzte mich ausschließlich hin und her. „Ich bin bestimmt einfach verrückt und die religiöse Erziehung hat Spuren hinterlassen, die ich jetzt als Ventil nutze!", argumentierte ich mit mir selbst. Das war eine logische und vielleicht sogar wissenschaftliche Erklärung. Ich fühlte mich aber nicht verrückt, eher klar wie nie. „Wenn ich nicht verrückt bin...dann bedeutet das, dass es Engel gibt." Dieser Gedanke klang ebenbürtig schwachsinnig. „Wieso sollten mir Engel erscheinen? Ich bin mehr gegen Religion als dafür. Das ergibt doch keinen Sinn!", rumorte in meinem Hirn. Mit ähnlichen Überlegungen beschäftigte ich mich, bis ich in einen traumlosen Schlaf fiel.

Von einem lauten Vibrieren neben meinem Kopf wurde ich geweckt. Mein klingelndes Telefon lag mit mir auf meinem Kissen. Rammdösig und genervt nahm ich das Gerät zur Hand und begutachtete den Bildschirm. Es war 11:11 Uhr und meine Mutter am anderen Ende der Leitung. Sofort warf ich das

Mobiltelefon zum Fußende des Bettes, nörgelte vor mich her und drehte mich um, um wieder einzuschlafen. Nach einigen Sekunden verstummte das Vibrieren. An Schlafen war jedoch nicht mehr zu denken.

Demnach stand Ich auf, duschte und zog mich an. „Meine Mutter rufe ich später zurück", wägte ich ab, während ich meine Wohnung in Richtung Kyoto Garden verließ. Dieser Park war meine erste Anlaufstelle, wenn ich mich ausruhen und entspannen wollte. Ich setzte mich für gewöhnlich auf eine der unzähligen Bänke und beobachtete die Eichhörnchen und Pfauen, die in den asiatisch angehauchten Grünflächen wild gehalten wurden. In allen meinen bisherigen Berufen hatte ich derartige Ruheoasen von Zeit zu Zeit nötig. Schon früh hatte ich bemerkt, dass ich inmitten von Bäumen und Pflanzen am besten abschalten und Energie tanken konnte.

Mittlerweile saß ich in der U-Bahn, deren metallisches Klackern mich kurzzeitig von meinen verwirrenden Gedanken ablenkte. Die Strecke zwischen Mornington Crescent und der Tottenham Court Road fuhr ich häufig und kannte die Geräuschkulisse. In kindlicher Manier ahmte ich in meinem Kopf das Ächzen und Krachen der Wagons nach. „Vielleicht sollte ich mir ein paar Tage freinehmen?", überlegte ich resultierend. Die Fahrt zum Kyoto Garden dauerte etwa vierzig Minuten, in denen ich einmal umsteigen musste. Unterwegs marschierte ich an einer digitalen Uhr vorbei, die mir abermals die Einsen vor Augen führte. Es war 1:11 Uhr.

Während der restlichen Fahrt ging mir Haniel nicht aus dem Kopf und ich beschäftigte mich aufs Neue mit der einen, für mich fundamentalen Frage: „Gibt es Engel?" Diese Überlegung haftete an mir wie mein Schatten. „Das würde bedeuten, dass Himmel, Hölle und Gott existierten? War nicht ich verrückt, sondern alle anderen blind? Wird man mit solchen Ideen schon verrückt genannt?" Noch während ich diesen Satz zu Ende dachte, hörte ich neben mir einen Vater seiner Tochter helfen: „The numbers are important, use them to create a wonderful painting!"[8] Das kleine Mädchen zwei Plätze neben mir beschäftigte sich mit Malen nach Zahlen. Ich starrte sie entgeistert an. Die Situation hatte nichts mit mir zu tun, allerdings kam es mir so vor, als ob ich diesen Satz hätte hören sollen. Ich hatte das Gefühl, dass ich genau zur richtigen Zeit am richtigen Ort war. Trotzdem hatte ich keine Idee, wie ich die

---

[8] „Die Nummern sind wichtig, benutz` sie, um ein wunderschönes Bild zu kreieren!"

Situation deuten sollte. Aus diesem Grunde ignorierte ich das Geschehen und vergewisserte mich, wie viele Stationen ich noch zu fahren hatte. Glücklicherweise erreichte die Bahn in diesem Moment eine der Haltestellen.

Als ich einen Blick durch das Fenster warf, entfuhr mir sofort ein lautes „Fuck!"[9] Damit lenkte ich die ungeteilte Aufmerksamkeit des Vaters auf mich. Dieser musterte mich mit vorwurfsvollen Augen und wollte vermutlich nur seine Tochter vor meinem Umgangston schützen. Mir war das allerdings egal. Ich saß in der falschen U-Bahn. „Fuck! Fuck! Fuck!"[10], schimpfte ich in meinem Kopf weiter. „Ich wollte nicht hier her, fuck! Es ist Samstag und alles mit Touristen überflutet. Fuck!" Ich war an der Tottenham Court Road Station versehentlich nach Westen statt Osten gefahren und in der Bank-Station gelandet. Ein Fehler, der mir noch nie passiert war. Ich musste beim Umsteigen völlig in Gedanken gewesen sein.

Fluchtartig verließ ich die Bahn und stellte mich verloren ans Gleis. „Was jetzt?", überlegte ich. „Ich habe keine Lust nochmals eine halbe Stunde in die andere Richtung zu fahren, fuck!" Als einfachste

---

[9] „Scheiße!"
[10] „Scheiße! Scheiße! Scheiße!"

Lösung ließ ich mich widerwillig mit der Menschenmenge zum Ausgang treiben, bezahlte meine Fahrt mit der Karte und machte mich auf die Suche nach einem Park, in dem ich meine Seele baumeln lassen konnte.

Kaum hatte ich ein paar Schritte aus der Station gemacht, schien mir die Sonne ins Gesicht und ein Lächeln setzte sich auf meine Lippen. Mein Missmut war wie weggeblasen. Voller Drang lief ich los, ohne überhaupt ein Ziel zu haben. Nicht einmal die unzählbaren Touristen und die vollen Gehwege störten mich. Ich ließ mich einfach grob zur Tower Bridge treiben, schließlich wusste ich, dass es zwei, vielleicht drei Grünanlagen in der Nähe gab. Möglicherweise hatte ich Glück und konnte ein freies Plätzchen für mich ergattern. Da ich mich in dieser Ecke Londons jedoch wenig auskannte, angelte ich mein Mobiltelefon aus meiner Tasche und bestimmte meine Position mithilfe des Navigationssystems. Mittlerweile hatte ich die Monument Station erreicht und auf der digitalen Karte ließ sich ein kleiner grüner Fleck erkennen, der nicht weit weg zu sein schien. Sofort beschloss ich, dort mein Glück zu versuchen. Nach wenigen Gehminuten bog ich schon von der überfüllten Straße in einen schmalen Weg ein. Dieser sollte mich schnurstracks zu dem Park bringen. Mit jedem Meter, den ich die Hauptstraße hinter mir ließ, wurde es ruhiger und es waren kaum noch Menschen unterwegs. Ein Stück weiter lief ich an einem alten Kirchturm vorbei, der inmitten der Hochhäuser unterging. „Wo soll denn hier ein Park sein?", nuschelte ich ungeduldig, während ich mich um die eigene Achse drehte und meine Umgebung absuchte. Prompt riss ich die Augen auf und staunte. Damit hatte ich nicht gerechnet.

Es handelte sich nicht um einen Park im gewöhnlichen Sinn, sondern um eine alte Kirche, deren Dach vor langer Zeit zerstört worden war. Vom Kirchenschiff waren nur noch die Mauern erhalten. Entlang der Wände wuchsen inzwischen großflächig Schling- und Kletterpflanzen, die sich langsam ihren Weg nach oben bahnten und vor kurzem mit dem Blühen begonnen hatten. Die Mischung aus grünen Blättern und weißen Blüten lud zum Träumen ein. Zudem standen riesige, alte Bäume auf dem Areal verteilt. Selbst im Altarsaal, wo einst die hölzernen Bänke der Gläubigen ihren angestammten Platz hatten, sprossen Bäume aus der Erde. „Kann das Zufall sein?", ratterte durch meine Nervenbahnen. „Gestern Engel, heute Kirchen!? Was geht in meinem Leben vor?", überlegte ich, während ich durch das eiserne Tor zum

Park schritt und vor dem Eingang des Gotteshauses nochmals meinen Blick wandern ließ. Der Kirchenturm sah zwar alt aus, machte aber einen gepflegten Eindruck. Schon von außerhalb konnte man die Grünflächen und angelegten Wege in und um das Gebäude erkennen. Es war ein wunderschönes Plätzchen und doch kaum ein Mensch anwesend - perfekt für mich.

So schlenderte ich durch das detailliert gestaltete Tor in das Bauwerk. Mit etwas Fantasie konnte man den Prunk vergangener Tage erkennen. Der Bau war sehr liebevoll gefertigt worden und mir gefielen die sanften Bögen und abgerundeten Kanten, die überall zu finden waren. Im Inneren des Gotteshauses war das Klima etwas kühler als außerhalb und jemand hatte zum Verweilen mehrere Bänke auf dem Gelände verteilt. Eine Mischung aus dem Duft der blühenden Bäume und Sträucher, sowie eine Note von Weihrauch stieg in meine Nase. Ich fühlte mich wohl und suchte mir eine leere Bank als Sitzgelegenheit aus.

Sofort öffnete ich meine unterwegs gekaufte Getränkedose und zündete eine Zigarette an. Anschließend ließ ich mich von der Sitzfläche rutschen, um eine möglichst angenehme Sitzposition zu finden. In einer beinahe liegenden Position ließ ich dann das alte Mauerwerk auf mich wirken.

Die Architektur des Gebäudes, vor allem die Form der Fenster, erinnerte mich an den Kölner Dom. Diese Kirche hatte allerdings im Laufe der Jahre ein großes Stück ihrer Grazie verloren. Die hellen Wände waren, neben den Schlingpflanzen, fleckig mit Moos bewachsen und es hingen einige Äste von außen in das Kirchenschiff. Sogar dort, wo früher der Altar des Pfarrers seinen Platz hatte, wuchs nun ein Baum aus dem Boden. Die Sonne schien durch die unzähligen Blätter und erzeugte auf dem ganzen Areal ein einzigartiges Zusammenspiel aus Licht und Schatten. Die Glasscheiben in den Fenstern waren wohl vor langer Zeit aus ihren Fixierungen gefallen und die Schlingpflanzen nutzten das, um auch die außenliegenden Seiten der Wände einzunehmen. Im Zusammenspiel sorgte das für einen Charme, den ich sonst von keiner Kathedrale kannte.

Obwohl ich mich eigentlich zentral in der Londoner City und unweit von den größten Anziehungspunkten für Touristen aufhielt, war es in der Kirche trotzdem ruhig. Man konnte kaum den Verkehr hören, der sich einen Steinwurf entfernt durch die Stadt schlängelte. Ich genoss für einige Minuten diese Ruhe, die in der hektischen Stadt viel zu selten war. Für ein paar Minuten wollte ich nicht nachdenken, sondern mich einfach nur ausruhen. Dabei ignorierte ich die spärlich gesäten Menschen in meiner Umgebung und schloss die Augen. Bewusst fing ich an, mich auf meine Atmung zu konzentrieren. Das hatte ich an einem verregneten Sonntagnachmittag online gelernt. Ich atmete langsam durch die Nase ein und durch den Mund wieder aus. Beim Einatmen achtete ich darauf, meine Lungen möglichst voll zu füllen sowie auf die Innenwände meines Geruchsorgans. Speziell wie sie mit jedem Atemzug etwas kälter wurden. Beim Ausatmen versuchte ich, meine Lungenflügel komplett zu entleeren. Durch diese Atemtechnik, die ich im Laufe der Jahre schon in verschiedensten Situationen angewendet hatte, war es vergleichsweise einfach, sich von der Außenwelt abzuschirmen. Für mich war es die perfekte Möglichkeit, um in mich zu gehen und meine Gedanken zu sortieren.

Schon nach wenigen Minuten war ich konzentriert und bereit, mich auf mein Innerstes zu fokussieren. Aus dem Nichts schoss ein erster Lösungsansatz in meine Gedanken: „Soll ich zu einem Psychologen oder zu einem Pfarrer?" Ohne großartig überlegen zu müssen, span ich meine Überlegung weiter „Ein Psychologe verabreicht mir nur irgendwelche Tabletten, die mich ruhigstellen und nichts an der eigentlichen Situation ändern!", schoss durch meine Gedanken. Damit war der Psychologe sofort hinfällig. Ich wollte nicht enden wie einige der Patienten, die ich im Krankenhaus kennengelernt hatte. Viele wirkten mehr wie eine leere Hülle als alles andere. Als ob die Tabletten den Menschen nur noch auf die wichtigsten Funktionen reduzierten und dabei das Menschliche außer Acht ließen. Garantiert gab es Patienten, die solche Tabletten brauchten und bei denen die Behandlung genau richtig war. Ich dachte mir aber oft, dass einige der Leidenden wohl nur die richtigen Worte hören mussten, um fehlende Verbindungen in ihrem Gehirn zu bilden und im Handumdrehen geheilt zu sein. Welche Worte das allerdings waren, konnte einem wohl niemand beantworten. Auf alle Fälle war der menschliche Geist für mich viel zu komplex, als dass man ihn mit irgendwelchen Wirkstoffen zähmen, bändigen oder verändern konnte. Das war allerdings nur meine Meinung.

Dann durchdachte ich meine andere Alternative: „Soll ich einem Pfarrer meine Erlebnisse schildern?" Ich blies schwerfällig die Luft aus meiner Lunge und führte meinen Gedanken fort: „Welcher Pfarrer in dieser riesigen Stadt würde sich Zeit nehmen? Würde er sich für meine Geschichte interessieren? Was, wenn alles nur in meinem Kopf war?" Ich hatte Angst vor den Antworten, die ich vielleicht bekommen würde. „Sollte ich mich vielleicht zuerst Freunden oder Familie anvertrauen? Würden mir meine Eltern glauben?" Ich wusste es nicht.

Um auf Nummer sicher zu gehen, blieb mir nur eine Möglichkeit: Für den Anfang würde ich mich mit einem Pfarrer in Verbindung setzen. Ich wusste, dass er Schweigepflicht hatte und mich keinen Cent kosten würde. Vorher wollte ich mich allerdings selbst schlau machen und ein wenig im Internet stöbern. Vielleicht half auch ein Besuch in einer Büchereien Londons. Eventuell würde ich dort etwas Hilfreiches finden. Diese Gedanken munterten mich auf und meine Lippen formten ein Lächeln. Die Augen hielt ich immer noch geschlossen und zog den Duft der Blüten in meine Lunge. Wenigstens kannte ich jetzt meinen nächsten Schritt.

Wie von Geisterhand spürte ich plötzlich ein leichtes Kitzeln auf meinem rechten Unterarm, den ich auf die Lehne neben mir abgelegt hatte. Verträumt öffnete ich meine Augen. Auf meinem Arm saß ein Marienkäfer und starrte mich an. Mein Lächeln wurde zu einem Grinsen und in Gedanken sagte ich „Hallo!", zu dem kleinen Lebewesen. Kaum war dieses Wörtchen in meinem Kopf ausgesprochen, landete ein weiterer Käfer auf meiner linken Hand, die auf meinem Oberschenkel ruhte. Nach wenigen Sekunden kam der nächste geflogen und setzte sich auf die Sonne, die auf mein T-Shirt gedruckt war. Ich schaute mich entgeistert um. So etwas war mir noch nie passiert. Natürlich war schon einmal ein Marienkäfer auf mir gelandet, aber drei innerhalb kürzester Zeit? „Das ist doch kein Zufall!?", formte ich lautlos mit den Lippen.

In diesem Moment fiel etwas auf meinen Kopf und ich erschrak für einen Wimpernschlag. Dadurch erhob sich der Marienkäfer von meinem T-Shirt und flog davon. Das kleine weiche Ding purzelte weiter über meine Schulter und den Brustkorb bis hin zu meinem Schritt, wo es schlussendlich liegen blieb. Jetzt konnte ich erkennen, dass es sich um eine grüne Raupe mit mickrigen schwarzen Flecken handelte, die aus einem der Bäume über mir gefallen sein musste. Sie lag auf dem Rücken und bewegte sich rhythmisch hin und her, um wieder auf die Beine zu kommen. Vorsichtig und langsam, sanft genug, um den Marienkäfer auf meinem Arm nicht zu verscheuchen, schob ich meine rechte Hand zu der Schmetterlingslarve und hielt ihr unterstützend eine Fingerspitze hin. Allerdings krabbelte die Raupe schnurstracks auf meinen Finger und meine Hand entlang. Dann setzte sie sich auf das Armband, das ich am Handgelenk trug.

Ich hatte dieses braune Lederband vor Jahren auf einem Festival gekauft. Es war nach wie vor in einem wunderbaren Zustand und schien von guter Qualität zu sein. Das relativ dünne Band lief an der Oberseite durch einen silbernen, ovalen Block, auf dem ein Symbol eingraviert worden war. Auf der anderen Seite war ein billig wirkender Druckknopf zum Verschließen des Schmuckstücks angebracht. Das Symbol stellte zwei Halbkreise dar, die beide mit der offenen Seite nach außen auf einem Strich saßen, der die Kreise halbierte. Daraus resultierte ein einfaches, symmetrisches Symbol, das ich über die Jahre immer am Handgelenk getragen hatte.

Prompt kam mir der Verkäufer in den Sinn. Ich konnte mich genau an ihn erinnern. Er war ein netter Mann mittleren Alters mit offensichtlichem südländischen Einschlag. Zu erkennen war das an seiner dunklen, gebräunten Haut, den schwarzen Haaren und seinem Akzent. Jedes Mal, wenn ich auf dem Festivalgelände auch nur in der Nähe seines Standes unterwegs war, sprach er mich an. Das ganze Wochenende über versuchte er, mich auf irgendeine Weise zu seinem Shop zu locken. Er war dabei allerdings nicht aufdringlich, sondern eher ein lustiger Mensch mit einem nicht enden wollenden Repertoire an dummen Sprüchen. Während der drei Tage alberte ich daher immer wieder mit ihm herum. Am letzten

Tag des Festivals und mit einigen Bieren intus, ließ ich mich schlussendlich überreden und folgte ihm zu seinem Pavillon. Er zeigte mir Unmengen seiner Ketten und Armbänder und erzählte mir nebenbei von seinem Leben. Ich lief jedoch intuitiv zu einer großen Pappschachtel mit der fetten Aufschrift „Restbestände". Diese Kiste hatte er ganz hinten am Boden seines Standes gelagert. Mit dem ersten Handgriff zog ich das Lederband aus der Box und schaute ihn fragend an: „Wieviel willst du dafür?" Er lächelte zurück und antwortete: „Dieses Armband liegt seit Jahren in diesem Karton und nie wollte es jemand kaufen. Weißt du was, ich glaube, es wird Zeit, dass es den Besitzer wechselt. Du kriegst es einfach so, nimm mit." Mit so viel Großzügigkeit hatte ich nicht gerechnet und mir fiel die Kinnlade nach unten. Verdutzt stammelte ich ein „Danke!" dem Verkäufer entgegen. Nach einer kurzen Pause, in der ich das Armband über einen meiner Finger rotieren ließ, redete ich weiter: „Ich möchte dir aber etwas geben, ich weiß nur nicht was." Darauf antwortete er mit einem Satz, den ich nie vergessen werde: „Das ist einfach: Wenn du jemals die Gelegenheit hast, einfach so etwas Gutes für jemanden zu tun, dann mach! Ich möchte aber, dass du im Gegenzug nichts erwartest, wie ich jetzt von dir. Erst dann sind wir quitt!" Mir fiel abermals das Kinn nach unten und es verschlug mir die Sprache. Erst nach einigen Sekunden brachte ich mit zitternder Stimme eine Antwort hervor: „Das werde ich, versprochen!" Darauf steckte ich das Armband in meine Hosentasche, verabschiedete mich und lief zu den Bühnen. Erst als ich einige Schritte entfernt war, kam mir noch etwas in den Sinn. Ich drehte mich um und schrie in Richtung des Verkäufers: „Heeey! Was bedeutet das Symbol?" Er lächelte und grölte zurück: „Freiheit, mein Freund. Viel Glück!" Dabei legte er seine rechte Hand auf sein Herz. Mit den Lippen formte ich ein „Danke!" und lief unbeirrt weiter zur Livemusik. Ich wollte nicht, dass der Händler registrierte, wie dick der Kloß in meinem Hals war.

Genau auf diesem Symbol saß nun die Raupe und begutachtete mich. Ich hatte wieder einmal nicht die geringste Ahnung, wie ich mit der Situation umgehen sollte und von neuem zischte ein Gedanke durch meinen Kopf: „Das kann doch kein Zufall sein!". Der Marienkäfer auf meiner rechten Hand war mittlerweile weggeflogen, der letzte saß nach wie vor auf mir. Ich hob meinen Arm auf Brusthöhe und betrachtete die Raupe genauer. Sie hatte kurze Härchen auf ihrem Körper verteilt und ich grübelte, wie die Larve wohl als Schmetterling aussehen würde. Unscharf im

Hintergrund bemerkte ich dabei ein Mädchen in einem blauen Kleid. Sie hatte schulterlange, schwarze Haare, die offen über ihre Schultern hingen. Ich nahm meinen Arm etwas nach unten und fokussierte meine Augen. Das Mädchen war zwar noch einige Schritte von mir entfernt, mir war aber klar, dass sie Kurs auf mich nahm. Sie war etwa sieben bis acht Jahre alt und man konnte jetzt schon erkennen, dass aus ihr einmal eine wunderschöne Frau werden würde. Zwei Schritte vor mir blieb sie stehen und mir lief ein Schauer über den Rücken. Daraus entsprang allerdings wiederum kein beunruhigendes Gefühl, eher ein entspannendes. Das Mädchen streckte ihre rechte Hand aus und öffnete die Handfläche nach oben. Sie schaute mir dabei direkt ins Gesicht und fing mit einer kindlichen, aber doch festen Stimme an zu reden: „Hi, I´m Mary. We´ve met before but you probably don´t remember."[11] Innerhalb der wenigen Augenblicke, in denen sie diesen Satz gesagt hatte, waren alle drei Marienkäfer in ihrer offenen Hand gelandet. Ich war perplex und schaute mich entgeistert um, ob noch jemand das Schauspiel beobachtet hatte. Jedoch hatte niemand ein Auge auf uns. „Woher sollen wir uns kennen", antwortete ich

---

[11] „Hallo! Ich bin Mary. Wir haben uns schon einmal getroffen, aber du kannst dich wahrscheinlich nicht mehr erinnern!"

bestimmend auf Deutsch. Sie fing an zu lächeln und schaute mir tief in die Augen: „You will remember, sooner or later."[12] Mit diesen Worten ballte sie die Hand mit den Marienkäfern zu einer Faust. Ich bekam Gänsehaut und fröstelte. Ihre rehbraunen Augen kamen mir tatsächlich bekannt vor. Ich wusste allerdings nicht, wo ich sie einordnen sollte. *Nicht aus diesem Leben*", stieg mir darauf in den Schädel und ich schauderte. „Was soll das bedeuten?", gab ich im Geist zurück. Mary riss mich jedoch aus meinen Gedanken: „Just believe, promise."[13], brachte sie in einem liebevollen Tonfall hervor. „Ich geb´ mein Bestes!", antwortete ich, ohne nachzudenken oder zu wissen, was das zu bedeuten hatte. Dabei lief mir, aus dem Nichts, eine Träne aus dem rechten Auge. In diesem Moment öffnete Mary ihre Faust und offenbarte ihre leere Handfläche. Die Marienkäfer waren wie vom Erdboden verschwunden. Ich wich ein Stück zurück und drückte mich gegen die Rückenlehne, die Augen stets auf das Kind gerichtet. Da ich nicht wusste, wie ich mich verhalten sollte, wischte ich mir zunächst die Träne aus dem Gesicht und atmete kurz durch. Mit einem fragenden Tonfall sagte ich dann leise: „Wer bist

---

[12] „Du wirst dich erinnern - früher oder später!"
[13] „Glaub´ einfach, versprich es!"

du?" - „Das erfährst du früh genug!", bekam ich, während sich die Kleine umdrehte, als Antwort. „Wir sehen uns – sehr bald. Ich freu' mich schon!", schallte es mir dann in akzentfreiem Deutsch entgegen. Noch bevor ich etwas erwidern konnte, war sie schon mit hopsenden Schritten hinter der Kirchenmauer verschwunden.

Ich blieb wie gelähmt auf meiner Bank sitzen. Nach einigen Minuten der Starre, in denen ich meinen Blick nur auf die Mauer richtete, hinter der Mary verschwunden war, stellte ich mich auf die Beine. Wie ferngesteuert lief ich einige Schritte weiter zu einem Baum. Dort setzte ich die Raupe auf einen tief hängenden Ast und ließ mich wieder auf meiner Bank nieder. Ich war immer noch völlig verblüfft. „Was war das? Wer war das? Was hat sie mit den Marienkäfern gemacht? Das sind doch nur Insekten, können die einem Menschen gehorchen?". Ich hatte so viele Fragen und auf keine eine Antwort, nicht einmal eine Theorie. Der letzte Tag war mehr als merkwürdig und selbst ich war verwundert, dass ich immer noch gelassen blieb. Durch meinen Umzug nach London war ich definitiv ausgeglichener geworden, das hatte ich schon länger festgestellt. Dass ich jedoch während der letzten 24 Stunden immer noch ruhig blieb, konnte ich selbst kaum begreifen. Kurzzeitig dachte ich zurück an früher, als ich noch in Deutschland zu Hause war. Hier wäre meine Reaktion auf solche Begebenheiten gewesen, dass ich mich vollgedröhnt und meine Gedanken erstickt hätte. Inzwischen lief das aber nicht mehr so leicht. An Drogen kam ich kaum noch. Aus irgendeinem Grund wollte mir in London niemand etwas verkaufen und meine früher so geliebten Medikamente bekam ich leider nur noch auf Rezept. Das führte dazu, dass ich so gut wie immer nüchtern war. Ich hatte nie einen Gedanken daran verschwendet, jetzt überlegte ich, ob das vielleicht sogar gut war. Augenblicklich hellte sich meine Stimmung auf und steigerte sich mit jedem Atemzug in eine Art Euphorie. Wie aus dem Nichts fühlte ich mich, als ob alles genau so war, wie es sein musste. Als ob alle Entscheidungen, die ich in meinem Leben getroffen hatte, sich jetzt langsam zu einem Nenner zusammenfügten. Dieser Gedanke war ausreichend um mir noch mehr Aufschwung zu geben. Sofort zauberte sich ein Lächeln in mein Gesicht.

Nachdem ich mich fühlte, als ob ich hier fertig war, stand ich schlussendlich von meiner Sitzgelegenheit auf und machte mich auf den Weg zu einem der unzähligen Fast-Food-Läden in der Nähe. Ich hatte den ganzen Tag nichts gegessen und mittlerweile Hunger.

Auf meinem Weg aus dem Park lief ich an einigen Holzbänken vorbei. Auf einer saß ein Rentner, der mir beim Betreten des Parks schon aufgefallen war. Kurz bevor ich auf seiner Höhe war, hörte ich ihn reden: „Are you okay, my dear?"[14] Ich bewegte meinen Kopf nach rechts und schaute ihm ins Gesicht. Sein graues Haar hatte er unter einer Baskenmütze versteckt und er war vermutlich älter, als ich ihn geschätzt hätte. Außerdem trug er eine Sonnenbrille und einen dunklen Anzug mit schwarzen Schuhen. Seinen edel wirkenden Gehstock hatte er neben sich an die Bank gelehnt. „Er sieht aus wie ein richtiger englischer Gentleman!", beurteilte ich ihn, während der Rentner seine Frage wiederholte: „Are you okay?"[15]. Ich schluckte kurz und schüttelte mich. „I´m fine, thanks for asking!"[16], gab ich zurück und blieb stehen. „The young girl in the blue dress just gave me goosebumps, did you see her?"[17], fügte ich noch hinzu. „What girl do you mean?"[18], bekam ich als Antwort. „I have been sitting here for hours and I

---

[14] „Hey du, geht es dir gut?"
[15] „Geht es dir gut?"
[16] „Mir geht es gut, danke der Nachfrage!"
[17] „Das Mädchen in dem blauen Kleid hat mich etwas erschreckt, haben Sie sie gesehen?"
[18] „Welches Mädchen meinst du?"

haven´t seen any girl. Are you sure you are okay?"[19], ergänzte er und abschließend fügte er noch hinzu: „You look like you´ve seen a ghost."[20] Mir gefror das Blut in den Adern und meine Stimme stockte: „Are… Are you sure? I was talking to her right over there!"[21], dabei deutete ich mit meinem Arm auf meine Bank. „Sweety, I have been watching the whole park and I didn´t see any girl. Also, this place isn´t really meant for children, I think. Are you sure, you are okay?"[22]. In meinem Kopf kreisten die Gedanken: „War das Mädchen etwa Einbildung? Bin ich doch auf dem besten Weg verrückt zu werden? Was will dieser alte Mann überhaupt von mir?" Irgendwie wirkte der Gentleman, trotz seines Auftretens, unsympathisch auf mich. Ich wollte mich irgendwie nicht mit ihm unterhalten, konnte aber keinen Grund dafür nennen. Noch während diese Überlegung durch meinen Kopf brauste, lief mir ein Kribbeln über den Rücken und ich antwortete schroff,

---

[19] „Ich sitze nun schon seit Stunden hier und ich habe kein junges Mädchen gesehen. Bist du sicher, dass es dir gut geht?"
[20] „Du siehst aus, als hättest du einen Geist gesehen!"
[21] „Sind … Sind Sie sicher? Ich habe mit ihr direkt da drüben geredet!"
[22] „Junger Mann, Ich beobachte den Park jetzt seit Stunden und habe wirklich kein junges Mädchen gesehen. Dieser Ort ist wohl auch nicht für Kinder geeignet, glaube ich. Bist du sicher, dass es dir gut geht?"

wie aus der Pistole geschossen: „I'm sure she was over there, maybe you need new glasses or you should get out of the sun!"[23] Für einen Moment erschrak ich vor mir selbst. Jemanden so anzugehen war wirklich nicht meine Art. Vor allem wollte der alte Mann nur nett sein. Dieser saß nun baff vor mir und ich wählte rigoros ein schnelles Ende für die Unterhaltung: „I'm sorry. I have to go. Bye!"[24] Schon während ich die Worte aussprach, drehte ich mich zum Ausgang und preschte los. Es war mir egal, was der alte Mann dachte. Ohne zurückzublicken verließ ich den Park und marschierte zur U-Bahnstation. Ich würde unterwegs schon etwas Leckeres zu Essen finden.

Auf meinem Weg lief ich an zahllosen Restaurants und Fast-Food-Ketten vorbei. Keines davon konnte mich jedoch überzeugen hineinzugehen. Mittlerweile hatte ich ein flaues Gefühl im Magen. Trotz meines Verlangens nach Nahrung machte mich keiner der Läden richtig an. Wenn mich allerdings einer interessierte, war er von Kundschaft überlaufen. Ehe ich mich versah, stand ich wieder an der Bank-Station.

---

[23] „Ich bin mir sicher, dass sie da drüben war. Vielleicht brauchen Sie eine neue Brille oder sollten aus der Sonne raus!"
[24] „Tut mir leid. Ich muss gehen. Tschüss!"

Ich nahm direkt die Rolltreppe nach unten und beschloss, Tom auf dem Camden-Market zu besuchen und dort zu essen. Ich wartete also am Gleis auf die nächste Bahn zur High Street.

In Camden stolperte ich aus der Station und atmete kurz durch. Auf dem Platz neben der Haltestelle präsentierte ein Straßenkünstler seine Show. Was genau vor sich ging, konnte ich jedoch aufgrund der Menschenmassen nicht erkennen. Für gewöhnlich waren hier Akrobaten, Zauberer oder Musiker tätig. Die Shows waren meistens gut und das Stehenbleiben wert. Da mein Magen aber knurrte und ich, obwohl ich mich auf Zehenspitzen stellte, von der stattfindenden Aufführung nichts mitbekam, bog ich nach rechts ab und folgte meinem ursprünglichen Plan. Ich bahnte mir meinen Weg über die vollen Gehsteige bis hin zu der Brücke über dem Regents Kanal. Dort lehnte ich mich gegen die dicke Außenmauer und streckte mein Gesicht zur Sonne. Nachdem ich einige Sekunden die Wärme auf meiner Haut genossen hatte, ließ ich meinen Blick über die Menschenmenge wandern. Wie jedes Mal, wenn ich den Markt besuchte, fiel meine Aufmerksamkeit dabei auf das schwarz-weiße Schild über dem Eingang. Groß und mächtig verkündete es das Motto: „Come In, We´re very Open minded."[25] Das „very" und das „minded" waren hierbei zwischen den anderen Wörtern eingearbeitet. Ich fand die Idee genial und meine Mundwinkel gingen nach oben. Schlussendlich lief ich unter diesem Schild durch und bahnte mir meinen Weg zu Toms Imbiss, der weit hinten versteckt war. Ich war gerne auf dem Markt unterwegs und das Motto versprach nicht zu viel. Von allen Seiten wurde man mit verschiedensten Musikstilen beschallt. Die Gerüche änderten sich ähnlich schnell wie die Geräuschkulisse und man konnte Sprachen aus aller Welt hören. Alle paar Meter stürzten neue Eindrücke auf einen ein.

Schon als ich einige Meter von Toms Bude entfernt war, konnte ich erkennen, dass er nicht unbedingt fit aussah. Der gestrige Rausch zerrte augenscheinlich an ihm. Mit einem lässigen: „Hey mein Alter, wie geht´s?", lehnte mich auf das Holzbrett vor der Kasse, neben den einzigen Kunden. Tom schaute mich mit glasigen Augen an. Seine Augenringe waren nicht von schlechten Eltern und sein Gesicht wirkte eingefallen. Trotz allem antwortete er lächelnd: „Hatte schon bessere Tage, nie wieder Car-Bombs!" Dabei fing er

---

[25] „Komm rein, wir haben geöffnet / Komm rein, wir sind sehr offen!"

verschmitzt an zu grinsen, beugte sich ein wenig vor und flüsterte: „Ich glaube hier drin sind immer noch drei Promille unterwegs!" Dabei nickte er in Richtung seines Kochs. Ich linste an Tom vorbei und betrachtete Matthew, der heute einen zerstörten Eindruck machte. Statt wie sonst im Stehen zu grillen, hatte er sich einen Barhocker bereitgestellt. Darauf saß er und drehte lieblos die wenigen Würstchen um. Ich brach sofort in Gelächter aus. Mit einem Grinsen im Gesicht forschte Tom nach, während er ein Würstchen in ein Brötchen legte: „Was hast du heute so getrieben?" – „Ich war in einer alten Kirche!" antwortete ich prompt. „Ach, hör mir auf mit denen. Die wollen nur dein Geld und machen nichts Gutes damit. Das sind doch die, die helfen sollten, findest du nicht? Das Problem ist aber vom Menschen gemacht. Viele haben die gleiche Mentalität wie Krabben in Eimern. Schade." Ich war sprachlos. Über diese Thematik hatten wir uns vorher nie unterhalten und ich wusste nicht, was ich sagen sollte oder er mir sagen wollte. Während seiner Worte reichte Tom der Kundschaft ein Paket aus Servietten, in die das Brötchen mitsamt Wurst gewickelt war. Dabei knurrte mein Magen und erinnerte mich, weswegen ich Tom eigentlich aufgesucht hatte. „Hast du noch Bratwürste?", erkundigte ich mich hinter der Theke, während ich abwesend meinen Bauch rieb. Er zeigte auf den jungen Mann, der jetzt wenige Meter neben der Bude in seinen Snack biss. „Er hat leider die letzte bekommen, Bratwürste sind für heute aus. Ich kann dir Currywurst anbieten?" - „Nein, danke!", antwortete ich mit enttäuschter Stimme. „Ich weiß selber irgendwie nicht, auf was ich Lust habe. Hast du einen Vorschlag?" Tom überlegte kurz und spielte dabei mit einer herumliegenden Grillzange. „Ahhh, vor ein paar Tagen hat ein neuer Stand aufgemacht, da gibt es Schnitzel! Wie wäre es damit?" - „Echt jetzt? Hatte ich ewig nicht! Wo ist der?", jubelte ich zurück. Tom erklärte mir kurz den Weg und innerhalb von Sekunden verabschiedeten wir uns. Mittlerweile hatte ich etwas zu essen bitter nötig. Ich schob Toms Meinung zur Kirche in meinem Kopf zur Seite. Ich wollte jetzt nicht darüber nachdenken, das würde ich irgendwann einmal tun. Jetzt galt es erst einmal meinen Hunger zu stillen. Dazu drängte ich mich abermals durch die engen Gassen, bis ich vor einer grün bemalten Holzhütte stand. Zu meinem Glück wartete niemand und ich konnte direkt meinen Schnitzelburger bestellen.

Nach wenigen Minuten bekam ich ein Kartonschiffchen mit Burger, Pommes und einer Getränkedose serviert. Umgehend machte ich mich auf die Suche nach einem geeigneten Platz, an dem ich mich niederlassen konnte. Dazu lief ich das Gässchen entlang und schon nach wenigen Schritten entdeckte ich ein verlassenes Holzfass, das ich als Tisch nutzen konnte. Darauf stellte ich den Karton ab und lümmelte mich daneben. Augenblicklich fing ich an den Hamburger in mich zu stopfen. Nebenbei beobachtete ich die unzähligen Leute, die sich ihren Weg durch die überfüllten Gänge bahnten. Viele von ihnen wirkten gestresst und man sah ihnen die Eile an. Wenige schlenderten und begutachteten in Ruhe die verschiedenen Auslagen der Verkäufer. Mir machte es Spaß, die Leute zu beobachten. Selten sah jedoch jemand glücklich aus. Meiner Meinung nach konnte man solche Menschen schon von Weitem erkennen. Sie strahlten auf besondere Art.

Als ich mit meinem Essen fertig war und meine Getränk geleert hatte, drückte ich die Verpackung zu einer Kugel und hielt Ausschau nach einem Mülleimer. Der nächste, von dem ich wusste, war nur ein paar Meter entfernt um eine Ecke. Gedankenverloren steuerte ich diesen an und entsorgte meine Abfälle. Als ich mich dann umdrehte, um mich auf den Weg nach Hause zu machen, fielen meine Augen auf ein großes weißes Schild direkt in meinem Blickfeld.

Mir verschlug es prompt die Sprache, mein Atem stockte und ich machte große Augen. Ich fühlte mich, als ob mein Herz wiedermal für einen Schlag ausgesetzt hatte. Während meiner vielen Besuche war mir dieses Schild nie aufgefallen, obwohl es gut sichtbar in großer Höhe hing und ich schon hunderte Male daran vorbeigelaufen sein musste. In großen schwarzen Buchstaben stand geschrieben: „The Devil is and always will be a gentleman!"[26] Wie Schuppen vor die Augen fiel mir der Rentner in dem Park ein und ich schauderte. „Habe ich etwa den Teufel getroffen?", ratterte durch meine Synapsen. Ich verwendete das Wort Gentleman eigentlich nie. Jetzt sprang es mir, in diesem unwirklichen Zusammenhang, förmlich ins Gesicht. Mit leiser Stimme redete ich auf mich selbst ein: „Langsam glaube ich nicht mehr an Zufälle, so viele an einem Tag - kann das Zufall sein?!"

---

[26] „Der Teufel ist und wird immer ein Gentleman sein!"

Kapitel 4

Zu Hause angekommen marschierte ich zuallererst in die Küche und besorgte mir etwas zu trinken aus dem Kühlschrank. Nebenbei räumte ich den Fleischerhammer und das Messer weg, die immer noch auf der Arbeitsfläche lagen. Unverzüglich hatte ich Haniel wieder im Kopf. Dabei drehte ich mich um und lehnte mich gegen die Küchenzeile. Abwesend wanderte mein Blick über den Boden und ich reflektierte die Geschehnisse ein weiteres Mal. Erst jetzt kam mir ein wichtiges Detail in den Sinn: „Wer zur Hölle tötet eigentlich einen Engel?" Kaum war dieser Gedanke jedoch beendet, bemerkte ich selbst die Ironie und stieß einen Seufzer aus. Ich hatte mir die Frage wohl selbst beantwortet. Währenddessen richtete ich meine Aufmerksamkeit auf die Mikrowelle, die schräg gegenüber, etwas versteckt unter einem der Hängeschränke, befestigt war. Als ob es einen Stromausfall gegeben hatte, blinkte die Uhr: „11:11". Das wirkte auf mich, als ob man mir etwas zu verstehen geben und die Botschaft durch das Blinken zusätzlich verstärken wollte. „Was soll das bedeuten?", murmelte ich, war jedoch ratlos. Aus purer Neugier über den Stromausfall sprang ich trotzdem ins Wohnzimmer und überprüfte meinen DVD Player. Zuverlässig wie immer zeigte er die Uhrzeit: „6:33 Uhr". Es hatte also keinen Stromausfall gegeben, soviel war sicher.

Wenig beeindruckt zuckte ich mit den Schultern und holte gelassen mein Getränk aus der Küche. Damit setzte ich mich auf die Couch und zauberte flink meinen Laptop unter dem Wohnzimmertisch hervor. Nach wenigen Sekunden war der portable Computer betriebsbereit und ich fing an im Internet zu stöbern. Als erstes wollte ich mich über Haniel informieren. Dazu tippte ich ihren Namen in die Suchmaschine. Innerhalb eines Wimpernschlags wurden mir unzählige Ergebnisse angezeigt. Ich klickte auf das Erstbeste und las einige Zeilen. Dabei zog ich überrascht meinen Kopf nach hinten und riss die Augen auf. Vor Schreck hielt ich die Luft an und murmelte: „Das kann nicht sein!". Bei diesen Worten begann mein Kopf zu pochen und abermals fühlte ich den Schmerz in der Stirngegend.

Alles, was ich auf der Seite zu lesen bekam, passte perfekt zu meinen Erlebnissen. Haniel war der Schutzengel der Steinböcke. Ich selbst war im Januar geboren und damit dem Sternzeichen zugehörig. Nach einer kurzen Überlegung traf es mich wie einen Geistesblitz: Ich war am elften Januar geboren. Ich schauderte und abwesend flüsterte ich vor mich her: „Was...Was soll bedeuten, wieder die Einsen?" Ich wusste nicht, wie ich damit umgehen sollte, konnte mir keinen Reim darauf machen und ignorierte deshalb einfach den Zufall. Zusätzlich informierte mich der Text, dass Haniel der Farbe Blau zugeteilt war. „Das passt zu der Flüssigkeit!", hämmerte in meinem Schädel. Während der ganzen Zeit, die ich mit Lesen verbrachte, raunte ich wiederholt vor mir her: „Das kann nicht sein! Das passt! Warum passt das?"

Im nächsten Absatz stach mir ins Auge, dass sich Haniel auf das Stirn Chakra auswirken sollte. Ich hatte dieses Wort zwar schon gehört, was es bedeutete, wusste ich allerdings nicht.

Nach kurzer Recherche bemerkte ich, dass sich die Erfahrungen anderer wiederrum perfekt mit meinen deckten. Die Chakren wurden als verschiedene Punkte im Körper beschrieben, die nach uralten Lehren das Zentrum der Energie eines Menschen bildeten. Es klang verrückt, aber das hatte in meiner Situation wohl nichts zu bedeuten. Das Stirn Chakra befand sich mittig über den Augen und ich vermutete, dass es der Grund für meine Kopfschmerzen war. Als ich mich weiter im Artikel vorarbeitete, wurde ich darauf aufmerksam, dass man das Chakra auch das dritte Auge nannte. „Ist das der Grund, dass ich Haniel sehen konnte?", überlegte ich. In meinen Gedanken stellte ich mir selbst die Frage: „Ist vielleicht nicht alles Blödsinn?"

Irgendwie konnte ich das nicht glauben. Das würde alles in meinem Leben infrage und auf den Kopf stellen. Daher wehrte ich mich innerlich und suchte nach schlüssigen Erklärungen. So viel ich mir aber auch das Hirn zermarterte, ich konnte keine finden.

Während ich tief in meinem Denkprozess gefangen war, fiel mir das Motto des Camden-Markets wie Schuppen von den Augen: „Come In, We´re very Open minded!"[27] Ich stockte und in meinem Kopf kreisten die Gedanken überraschend in eine andere Richtung: „Habe ich dieses Schild heute extra nochmals sehen sollen? Will mir jemand sagen, dass ich meinen Geist öffnen soll? Wie soll das funktionieren?" Innerhalb von wenigen Augenblicken machten sich vor meinem inneren Auge mögliche Verbindungen sichtbar, die ich vorher nicht bewusst wahrgenommen hatte: „Waren alle interessanten Läden in der Nähe der Bank-Station überfüllt, damit ich auf den Market ging? War die kurze Verschnaufpause auf der Brücke vielleicht notwendig, damit ich das Motto des Marktes zu Gesicht bekam? Musste, bis zu meinem Eintreffen, die letzte Wurst verkauft sein, damit ich Schnitzel aß? Sollte ich dadurch zu dem zweiten Schild geführt werden?" Mein Gehirn

---

[27] „Komm rein, wir haben geöffnet / Komm rein, wir sind sehr offen!"

lief auf Hochtouren und das Gefühl in der Stirn wurde stärker. Wieder schoss mir ein Geistesblitz in den Schädel: „Bin ich vielleicht gerade dabei, meinen Geist zu öffnen?"

Ich fing an zu zittern und konnte nicht mehr still sitzen bleiben. Gleichzeitig fing ich an mit dem Fuß zu wippen und wurde stetig unruhiger. Aufgeregt sprang ich auf und lief in meiner Wohnung auf und ab. Dabei warf ich meine Brille auf die Couch und rieb mir die Augen. „Was passiert mit mir? Was soll das? Ich will das nicht!", stellte ich mit stockender Stimme fest. Meine Atmung war hektisch und in meinem Inneren herrschte Chaos. Für einen Atemzug hatte ich den Glauben an mich selbst verloren. Eigentlich hatte ich nie daran gezweifelt, dass ich der Herrscher über mein Leben war. Zu diesem Zeitpunkt fühlte ich mich allerdings nicht als solcher, ganz im Gegenteil. Ich war mir viel sicherer, dass alle meine Taten vorausbestimmt waren. Das war die einzige Erklärung, die ich mir für die Ereignisse zusammenreimen konnte. „Gibt es überhaupt Zufälle?" stotterte ich. Dabei formte sich ein dicker Kloß in meinem Hals und ich schnappte hektisch, beinahe panisch, nach Luft. Meine Gedanken waren einfach zu viel für mich. Um dem entgegenzuwirken, benötigte ich ein paar Minuten zum Abschalten und Abkühlen.

Als Ablenkung zog ich mein Handy aus der Hosentasche und öffnete die Social-Media-App. Gedankenverloren scrollte ich durch meinen News-Feed, während ich immer noch in meiner Wohnung auf und ab lief. Abwechselnd lehnte ich mich gegen die Couch oder stolperte in die Küche. Dort setzte ich mich auf die Arbeitsfläche, wo ich jedoch auch nicht zu Ruhe kommen wollte und meine Patrouille von vorne begann. Nebenbei wischte ich gedankenversunken durch die Neuigkeiten meiner Online-Freunde. Zu sehen bekam ich den üblichen Schwachsinn, eingerahmt von wenigen interessanten Beiträgen. Ich war schon dabei mein Telefon wieder in meine Tasche stecken, als mir das neue Profilbild meiner Ex-Freundin ins Auge stach.

Ich hatte seit Ewigkeiten nichts mehr von ihr gehört, geschweige denn mit ihr geredet. Sie sah besser aus als früher, das war aber nicht wichtig. Ihr Standort verriet mir, dass sie im Urlaub in Spanien sein musste. Auf dem frisch hochgeladenen Foto konnte ich meine Verflossene vor einer Wand mit einem überdimensionalen Graffiti erkennen. Da mir diese Kunstform schon lange gefiel, fokussierte ich mich auf die bunte Wandmalerei. Es dauerte etwas, bis ich die stark geschwungenen und ineinander verschachtelten Buchstaben identifizieren konnte. Sobald ich allerdings alles entziffert hatte, traf mich der Satz wie ein Schlag ins Gesicht und lieferte mir einen goldrichtigen Denkansatz, der zu keinem besseren Zeitpunkt hätte kommen können.

Ich hätte den Künstler für seine Arbeit umarmen können und auch meiner Ex war ich mehr als dankbar, dass sie mir dieses Bild gezeigt hatte. Ich war mir jedoch sicher, dass beide nie erfahren würden, wie viel sie mir mit diesen Kleinigkeiten geholfen hatten. Auf der Wand stand zweizeilig geschrieben: „It's easier to live in the past, then to head to an unknown future!"[28] Dieser Satz passte so perfekt, dass mir schauderte und mir eine Träne entglitt. Meine Atmung wurde dabei ruhiger und ich hatte das Gefühl, dass diese Träne alle meine Sorgen, Zweifel und Aufregung aus meinem Körper wusch. Es musste die schönste Freudenträne sein, die je ein Mensch erlebt hatte. Insgesamt erinnerte mich die Situation an meinen Nachmittag. Ich fühlte mich, als ob ich zur rechten Zeit am rechten Ort war und genau das Richtige tat. Als ob sich alles in der Welt ausgerichtet hatte, um mir diesen Moment zu ermöglichen. Einfach wunderschön.

---

[28] „Es ist einfacher in der Vergangenheit zu leben, als auf eine ungewisse Zukunft zuzugehen!"

Ich atmete schwer aus, wischte mir die Träne aus dem Gesicht und sagte leise zu mir: „Habe ich einfach Angst vor der Zukunft? Lebe ich in der Vergangenheit?". Da ich auf die Schnelle keine Antwort parat hatte, beschloss ich, mich zu einem späteren Zeitpunkt damit zu befassen.

Auf alle Fälle war ich wieder ruhiger geworden und nahm abermals meinen Platz vor dem PC ein.

Den letzten Absatz, den ich über Haniel las, bereitete mir nochmals Gänsehaut. Sie war im Reich der Engel dafür zuständig, Bewusstsein in das alltägliche Leben der Menschen zu integrieren. Sobald ich diesen Abschnitt gelesen hatte, schlug ich reflexartig den Laptop zu. Danach starrte ich für einige Minuten ins Leere und lauschte dem Lüfter des Computers. Er lief auf Hochtouren und durchbrach damit die Stille meiner Wohnung. Ich fing unbemerkt an vor und zurück zu wippen und riss meine Augen auf. „Wenn das Realität ist, dann hat Haniel definitiv gute Arbeit geleistet!", überlegte ich. Doch im Gegenzug flog direkt ein trauriger Gedankengang durch meinen Kopf: „Welchen Preis hat sie dafür gezahlt? Ist mein Bewusstsein etwa wertvoller als das Leben eines Engels? Das ergibt keinen Sinn. Warum ich?", wiederholte ich in meinem Kopf. „Warum ich, warum ich?" Es wollte mir nicht in den Schädel. „Was war der

Grund, dass ich einen toten Engel an meiner Wand gesehen hatte? Hatte sie sich für mich geopfert? Hätte ich an der Wand hängen sollen?" Es war unmöglich Antworten auf meine Fragen zu finden. Ich war doch nicht einmal religiös und damit für Engel irrelevant. Mein ganzes Leben hatte ich mich gegen die Kirche gewehrt und wollte nie ein Teil davon sein. Ich wurde einfach nur hineingeboren, ohne dass ich etwas dagegen tun konnte. Die Ruhe, die ich Minuten zuvor erlangt hatte, war verschwunden und mein Fuß begann abermals zu wippen. In meinem Kopf kreisten Gedanken: „Ist nicht einmal meine Geburt Zufall? Soll alles wirklich so sein? Musste man mich mit einem Schlag treffen, um meine Aufmerksamkeit zu bekommen?"

Ich hätte es noch halbwegs verstanden, wenn ich eine hohe kirchliche Persönlichkeit gewesen wäre oder zumindest jemand, für den die Kirche Bedeutung hatte. „Ich bin doch nur ein gewöhnlicher Mensch!", schlussfolgerte ich. Dabei erhob ich mich wieder von der Couch und drehte erneut meine Runden um die Wohnzimmereinrichtung. Meine Gedanken ließen mich nicht los. „Was kann an mir besonders sein? Ich bin doch wie jeder andere und mein Leben ist auch gewöhnlich! Welche Möglichkeiten gibt es?" Je mehr ich allerdings nachdachte, um so frustrierter wurde ich.

Mir wollte einfach kein Unterschied zu anderen Menschen in den Sinn kommen. Ich wusste keinen Rat und vor Überlegungen sprengte es mir schier den Schädel. Ich wollte aber nicht aufhören nachzudenken. Welcher Mensch wäre nicht gerne besonders?

Ich forschte in meinen Hirnwindungen nach einer Möglichkeit, um mich abzulenken und einen kühlen Kopf zu bewahren. Die erste Lösung, die ich mir vorstellen konnte, war das Zeichnen. Mit einem Bleistift zu arbeiten war früher oft meine Art gewesen, um Anspannungen zu beseitigen und mich von der Welt abzukapseln. Seit Jahren hatte ich allerdings keinen Stift mehr zur Hand genommen und ich war überzeugt, dass das Ergebnis schrecklich aussehen würde. Trotzdem wühlte ich mich durch meinen Wohnzimmerschrank, um nach kurzer Suche einen Block und einen Bleistift in den Händen zu halten. Mit meinen Utensilien nahm ich dann wieder am Couchtisch Platz. Ohne auch nur einen Gedanken an ein Motiv zu verschwenden, fing ich an, das leere Blatt zu beschmieren. Ich begann mit ein paar Strichen und ließ meine Seele baumeln. Schon nach wenigen Minuten war ich ruhiger und betrachtete meine Arbeit. Es war ein wildes Durcheinander an welligen Strichen, das man bestenfalls als abstrakt bezeichnen konnte. Enttäuscht blies ich die Luft aus meinen Lungen.

„Früher war ich weit besser!", säuselte ich frustriert vor mich hin.

Aufgrund meines schlechten Ergebnisses war das Zeichnen augenscheinlich nicht die Ruhequelle, die ich nötig hatte. Darum konzentrierte ich mich wieder auf meine Atmung und zog den Sauerstoff tief in meine Lungen. Wie nachmittags in der alten Kirche konzentrierte ich mich auf meine Naseninnenwände und schon nach wenigen Minuten schloss ich intuitiv die Augen.

Ohne darüber nachzudenken nahm ich dann den Stift zur Hand und fing eine neue Zeichnung an. Ich ließ für einige Minuten geschehen, ohne mich auf irgendetwas zu konzentrieren und ohne einen Blick auf das Blatt zu werfen. Meine Hand glitt einfach über das Papier und vor meinem inneren Auge formte sich langsam eine Zeichnung. Ich konnte kaum erwarten, mein Kunstwerk zu sehen.

Nachdem ich intuitiv spürte, dass die Malerei fertiggestellt war, öffnete ich meine Augen und staunte. Die Skizze war zwar nicht perfekt, sah aber für die Vorrausetzungen gut aus und machte mich ein wenig stolz. Ich hatte aus einigen Strichen und wenigen Schattierungen einen Engel gezeichnet. Er trug ein bodenlanges Gewand mit Ärmeln und hatte kurze Haare. Die Flügel waren zwar etwas krumm und nicht perfekt positioniert, erweckten aber den Eindruck, als ob der Engel in Bewegung wäre. Deutlich war zu erkennen, dass es sich hier um einen männlichen Vertreter der Spezies handelte und ich nicht Haniel dargestellt hatte. So wie ich den ersten Marienkäfer begrüßt hatte, sagte ich rhetorisch in meinem Geist: „Na, wer bist du?", zu der Illustration. Dabei bewegten sich meine Mundwinkel nach oben und formten ein Lächeln. Wie aus dem Nichts hörte ich urplötzlich eine kraftvolle Stimme in meinem Kopf: *„Die Menschheit nennt mich - Uriel!"*

Vor Schreck stemmte ich mich gegen die Rückenlehne des Sofas und nahm meinen Blick von der Zeichnung. In der Mitte meines Couchtisches, direkt auf Augenhöhe, entdeckte ich dabei einen kleinen roten Punkt. Dieser schien vor mir zu schweben und war zum Greifen nahe. Allerdings erschrak ich nicht, sondern fühlte mich innerhalb eines Wimpernschlags so glücklich wie nie zuvor. Der Punkt, mit der Größe einer Kupfermünze, strahlte endlose Liebe aus. Zudem verbreitete sich, wie von Geisterhand, ein Duft in meiner Wohnung. Ich konnte problemlos Zimt erschnüffeln, aber es lag ein weiterer Geruch im Raum. Er erinnerte mich an einen Schnaps, den ich früher oft getrunken hatte. Ich schob diesen Gedanken jedoch zur Seite, er war jetzt nicht wichtig. Alle meine Ängste waren ausgelöscht und alle Zweifel weggeblasen. Ich kam mir vor, als ob mein Körper mit dem schönsten aller Gefühl geflutet wurde. Ich fühlte mich so übertrieben wohl, dass ich nie wieder etwas Anderes empfinden wollte. Als ob ich nach Jahren des Reisens, in denen ich immer Heimweh hatte, endlich zu Hause die Tür aufsperrte. Ich versuchte meinen Fokus nicht von dem Punkt abwenden und gab mir alle Mühe nicht zu blinzeln. Von den wunderschönen Gefühlen übermannt, starrte ich reglos auf die Erscheinung und für einen Wimpernschlag herrschte Stille. Als ob die Zeit für einen Augenblick angehalten hätte, um mich diesen einen Moment voll und ganz auskosten zu lassen. „Was passiert mit mir?", flüsterte meine innere Stimme. Als Antwort bekam ich nur ein Wort: „*Zeitig*!" Auch wenn diese Auskunft noch so kurz war, sie genügte mir.

Aus dem Nichts hörte ich seitlich von mir ein Knacken und reflexartig drehte ich meinen Kopf nach rechts. Ich konnte zwar nichts Besonderes erkennen, als ich jedoch meine Augen wieder nach vorne richtete, hatte sich der Punkt in Luft aufgelöst. Dafür zeigte der DVD-Player, der direkt in meinem Blickfeld stand, nicht mehr die korrekte Uhrzeit an. Schließlich war noch nicht 11:11 Uhr.

Die Gefühle, die Uriel in mir ausgelöst hatte, wirkten nach und ich lehnte mich entspannt zurück. Einerseits war ich nach wie vor überglücklich und freute mich über den Besuch des Engels, auch wenn ich mit seiner Form nie gerechnet hätte. Andererseits fand ich es schade, dass es schon vorbei war. Trotzdem hatte mir der Himmelsbote ein Stück Frieden gegeben. Außerdem diente sein Besuch als eine Art Auslöser, alles in meiner Macht Stehende zu tun, um auf Haniels Geheimnis zu kommen. Ich wollte unbedingt in Erfahrung bringen, was dem Engel zugestoßen war. Am wichtigsten war mir dabei ihre Gründe. Ich wollte um jeden Preis erfahren, was in der unsichtbaren Welt vor sich ging, koste es, was es wolle. Noch nie in meinem Leben war ich so motiviert wie zu diesem Zeitpunkt und ich fühlte mich, als könnte ich Bäume ausreißen.

Jetzt hatte ich auch keine Angst mehr verrückt zu sein. Mir würde zwar niemand glauben, aber ich wusste, was ich gesehen und gefühlt hatte. Ich würde ruhig bleiben und dieses Geheimnis im Verborgenen lösen. Erst wenn ich wusste, was wirklich vor sich ging, würde ich an die Öffentlichkeit gehen und damit alles ändern. Alles. Der Motivationsschub reichte soweit, dass ich mich stolz fühlte, Haniel gesehen zu haben. Mir war sie nach ihrem Tod erschienen und keinem anderen. Somit war klar, dass etwas Besonders an mir sein musste. Soviel war sicher. Um was es sich dabei handelte, würde ich noch herausfinden. Ich würde meine Antworten noch bekommen, ich musste nur geduldig sein und mitspielen.

Meine Augen bemerkten wieder die Zahlen auf meinem DVD-Player. Dass mir schon wieder die Einsen ins Gesicht sprangen, brachte mich zum Schmunzeln, auch wenn es wiederum die gleichen waren. Ich beschloss, mich als nächstes über die Bedeutung der Ziffern zu informieren und dann meine Zeit Uriel zu widmen. Dazu klappte ich meinen Laptop wieder auf und wartete, bis er betriebsbereit war. Währenddessen sah ich mich in meinem Zimmer um und zog die letzten Überbleibsel des Dufts in meine Nase. Wie ein Geistesblitz fiel es mir ein: „Sambuca!", das war der Schnaps, an den ich mich erinnert hatte. Nach einer schnellen Online-Recherche wusste ich, dass ich neben dem Zimt auch Anis gerochen hatte.

Sobald diese Wissenslücke geschlossen war, konnte ich mich mit freiem Kopf den Einsen widmen. Anfangs hatte ich allerdings keine Idee, nach was ich konkret suchen sollte. So folgte ich meiner ersten Eingebung und las mich in die Numerologie ein. Darüber hatte ich vor einigen Monaten zufällig eine Dokumentation gesehen, davon war mir aber nicht viel im Kopf geblieben. Ich befasste mich einige Zeit damit, doch war das nicht die Antwort, nach der ich suchte. Dafür lernte ich über Schicksals- und Lebenszahlen und wie die beiden mit dem Sein eines Menschen verstrickt sein sollten. Ich hielt das aber noch immer nicht für befriedigend. Irgendetwas fehlte. Also versuchte ich mein Glück weiter und fand nach einiger Suche Foren, in denen Menschen über ähnliche Erlebnisse berichteten. Unter den vielen Beiträgen waren auch einige von Menschen, die behaupteten, hochsensibel zu sein. Dieser Begriff war neu für mich und ich musste selbst erst herausfinden, was damit gemeint war.

Es handelte sich um Personen, die, meiner Meinung nach, hochbegabt waren. Sie waren es jedoch nicht in naturwissenschaftlicher Hinsicht, sondern in anderer Hinsicht. Sie konnten besser fühlen als andere Menschen. Einige konnten sogar spüren, wie ihre Mitmenschen empfanden. Diese humanen Ausnahmen konnten die Emotionen anderer leichter aufnehmen und besser deuten. Für mich schien das eine wunderbare Gabe zu sein, obwohl sie, laut den Erfahrungsberichten, für manche mehr als Last galt.

Zusätzlich wurde ich auch auf Parallelen, die zu meinem Leben passten, aufmerksam. Meine Faszination stieg dadurch ins Unermessliche. Ich las, dass Hochsensible eine intensivere Wahrnehmung für

Musik und Kunst hatten, dass ihnen mehr Details in ihrer Umgebung auffielen und dass sie durch die Gemütslage anderer beeinflusst werden konnten. Ich machte mit jedem Wort größere Augen. Jemand hatte niedergeschrieben, wie ich mich mein Leben lang gefühlt hatte. Ich war sprachlos. Jemand hatte dem Ganzen einen Namen gegeben. Bis dato war meine Überzeugung, dass ich so fühlte, weil ich einfach ich war.

Ich ließ meinen Körper in das Sofa sinken und erinnerte mich. Mir war in vielen Situationen schon aufgefallen, dass ich ein wenig anders war als andere. Ich hatte das aber nie als etwas Gutes oder Schlechtes betrachtet. Für mich war einfach jeder, wie er war und jeder war gut. Mir ging es darum, wie man andere Lebewesen behandelte. Wenn Leute zu mir, meinen Mitmenschen und Tieren nett waren, war ich auch nett. Wenn nicht, konnte ich das größte Ekel sein, dass sie sich vorstellen konnten.

Ich erinnerte mich zurück an eine Situation auf offener Straße in Deutschland. Ich spazierte mit einer Freundin zur Fußgängerzone, einfach um das Wetter zu genießen. Wir mussten dabei einen steilen Berg nach oben stapfen. Unterwegs sprang mir eine junge Mutter ins Auge, die uns entgegenkam. Mit der einer Hand hielt sie ihren Kinderwagen, mit der anderen telefonierte sie. Ich bemerkte, wie fest sie den Kinderwagen umklammern musste, damit er nicht ins Rollen geriet. Als die Frau auf unserer Höhe angekommen war, nahm ich zusätzlich ihre hochhackigen Schuhe wahr und spottete beiläufig: „Wie kannst du auf dem Kopfsteinpflaster bloß laufen?" Sobald sie einen Schritt an uns vorbei war, drehte ich mich um, schüttelte meinen Kopf und schaute ihr nach.

Als ob ich es gewusst hätte, brach ihr beim nächsten Schritt der Absatz vom Schuh und sie knickte um. Durch die Schrecksekunde ließ sie das Telefon fallen und den Kinderwagen los. Dieser beschleunigte prompt in Richtung der Querstraße am Fuß des Berges. Glücklicherweise hatte ich aufgepasst und sofort einen Spurt angesetzt. Nach wenigen Metern konnte ich den Kinderwagen einholen und festhalten. Als ich ihn der Mutter brachte, die auf einem Schuh in Schräglage vor mir stand, begrüßte ich sie mit freundlichem Tonfall „Hier, bitte!" Als Antwort bekam ich nicht einmal ein „Danke" zu hören. Sie beschwerte sich nur über den gebrochenen Bildschirm ihres neuen Handys. Das Baby im Kinderwagen gab derweil freudiges Gebabbel von sich. Ich überlegte kurz, lächelte die Mutter an und stellte den Kinderwagen im rechten Winkel zum Berghang ab. Dann erkundigte ich mich mit ruhiger

Stimme: „Wissen sie überhaupt, wer ich bin?" Sie sah mich mit großen, fragenden Augen an und antwortete: „Nein, woher denn?" Ich setzte ein Grinsen auf, nahm einen ersten Schritt zurück zu meiner Begleitung und drückte der Mutter einen Satz ins Gesicht: „Passt, das lassen wir so!" Während meiner Worte trat ich ihr kräftig gegen den intakten Schuh. Der Absatz löste sich sofort aus seiner Verankerung und die junge Frau fiel abermals vor mir auf die Pflastersteine. Mit einem überfreundlichen: „Schönen Tag noch, gern geschehen!", verließ ich den Schauplatz und ging zurück zu meiner Freundin. Die schaute mich mit ungläubigen Augen an und stellte klar: „Das hast du jetzt nicht wirklich gemacht!?" Ich lächelte ihr entgegen: „Doch, die hat das gebraucht!"

Nie wieder hatte ich einen Gedanken an diesen Vorfall vergeudet. Jetzt aber rätselte ich: „Hatte ich damals etwas Gutes oder Schlechtes getan? Das Baby zu retten war natürlich eine gute Tat, aber alles danach empfand ich als grenzwertig. Hatte ich die Frau in die Schranken gewiesen oder sie erniedrigt? War meine Reaktion gerechtfertigt oder übertrieben? Wurde sie durch mich zu einem besseren Menschen oder hatte meine Aktion ihre Persönlichkeit noch verschlimmert?" Ich würde es nie erfahren.

Durch die Erinnerung an den Zwischenfall hatte sich ein Lächeln in meinem Gesicht breitgemacht. Voller guter Laune beugte mich wieder nach vorne zu meinem Laptop und las interessiert weiter. Irgendwo zwischen den unzähligen Beiträgen fand ich einen User, der von Engelszahlen berichtete. Er sah das als eine Möglichkeit der Kommunikation zwischen den Menschen und den Wesen aus einer anderen Welt.

Sobald ich den Begriff in die Suchleiste eingetippt hatte und mit der Enter-Taste bestätigte, zischte unverhofft ein Marienkäfer an meinem Ohr vorbei und vollführte eine Bruchlandung auf meiner Tastatur. Er schlitterte nach hinten und blieb genau auf der Sieben liegen. Dort zappelte er für einen tiefen Atemzug, richtete sich auf und begutachtete mich. Ich war zwar verwirrt, erinnerte mich aber an Marys Worte und beschloss, mein Versprechen einzuhalten. Für einige Sekunden blieb ich ruhig sitzen und betrachtete das Insekt. Ich zählte die Punkte auf seinem Rücken und kam auf Elf. Ich freute mich, dass er zu Besuch gekommen war. In meiner Kindheit galten diese Tiere als Glücksbote, zumindest hatte mir das meine Großmutter weiß gemacht. Ich streckte dem Käfer meinen Finger hin und ließ ihn darauf krabbeln. Dann platzierte ich ihn vorsichtig neben meinem Computer und fuhr mit meiner Beschäftigung fort. Das Tier blieb ruhig sitzen und putzte nach einigen Minuten seine Flügel. In der Zwischenzeit fand ich einen ellenlangen Artikel über die Botschaft der 1111. Viele sahen darin einen Aktivierungscode, den die Menschen aus einer anderen Dimension zugespielt bekamen. Er sorgte dafür, dass den Menschen bewusstwurde, was sie im Inneren waren. „Irgendwie ergibt ja alles Sinn und passt zusammen!", überlegte ich, während mein Körper zu beben begann. „Bin ich auf ein offenes Geheimnis gestoßen?", raunte ich vor mich her. Meine Atmung wurde hektisch, doch mir war klar, dass das einzig und allein an meiner Freude lag. Innerlich empfand ich eine Ausgelassenheit, die ich am liebsten in die Welt geschrien hätte.

Ich war überglücklich und konnte es kaum glauben. Ich fühlte mich, als ob ich die Welt nackt sehen konnte. „Ab heute glaube ich nicht mehr an Zufälle!", drückte ich bestimmend in den Raum. Bei diesen Worten erhob sich der Marienkäfer, als ob ich ihm sein Startsignal gegeben hatte. Mir trieb es sofort ein Grinsen ins Gesicht: „Nein, Zufälle gibt es nicht!"

Ich checkte kurz die Uhrzeit auf dem Bildschirm vor mir. Es war inzwischen 23:23 Uhr. Obwohl ich eigentlich nicht wollte, musste ich ans Schlafen gehen denken. Ich hatte einen harten Tag vor mir. Zwar musste ich nur wenige Stunden zum Friedhof, doch mir graute. Daran war aber nichts zu ändern. Die Zwillinge wollten begraben werden. Einer musste.

Kapitel 5

Nach einer Nacht voller zusammenhangloser Träume wurde ich von meinem Wecker aus dem Schlaf gerissen. Wie jeden Morgen nörgelte ich die ersten Minuten und schlug wiederholt auf die Schlummern-Taste. Meiner Routine nach, machte ich mich darauf im Bad fertig, zog mich an und kochte Kaffee. Meine Stirn pochte, seit ich aus dem Bett gekrochen war. Immerhin war ich mir sicher, dass das nichts Schlechtes zu bedeuten hatte und verzichtete daher auf meine sonst so geliebten Schmerzmittel. Stattdessen saß ich auf der Arbeitsplatte in meiner Küche und schlürfte seelenruhig das Heißgetränk aus meiner Tasse. Mit dicken schwarzen Buchstaben hatte man ein Wort auf die Keramik gedruckt: „Smile!"[29] Ich hatte sie zum Umzug von meinen Eltern bekommen und die nette Geste eigentlich nie beachtet. Jetzt brachte mich die Keramik zum Lächeln. Um nicht allein mit der Stille in meiner Wohnung zu sein, hatte ich mir Kopfhörer aufgesetzt und hörte Musik. Immer wieder fiel dabei mein Blick auf die Mikrowelle, die unaufhörlich im Dauerblinken die „11:11" anzeigte. Inzwischen brachte mich die Zahlenfolge zum Grinsen und ich war froh,

---

[29] „Lächle!"

117

dass ich zu faul war, die Uhr zu korrigieren. Nachdem ich meine Tasse ausgetrunken hatte, machte ich mich fertig und verließ die Wohnung zur U-Bahn. Wie jeden Arbeitstag folgte ich dort den schwarzen Markierungen der Northern Line und stieg in einen der Wagons, die mich näher zu meiner Arbeitsstätte brachten. Innerhalb weniger Minuten hatte ich meine Endstation erreicht und machte mich auf den Weg zur Oberfläche. „Bis der nächste Bus kommt bin ich gelaufen!" sagte ich leise vor mich hin, während ich auf dem Handy die Fahrpläne des öffentlichen Nahverkehrs studierte.

Der Fußweg zu meiner Arbeit nahm in etwa 15 Minuten in Anspruch. Ich war gut in der Zeit und blieb gelassen. Während ich die leeren Gehwege entlang schlenderte, fiel mir der Anruf meiner Mutter ein. Augenblicklich setzte ich meine Kopfhörer ab und suchte die Telefonnummer meiner Eltern aus den Kontakten. Innerhalb weniger Fingerbewegungen wählte das Telefon und läutete am anderen Ende der Leitung. Ich lauschte dem Klingeln, doch auch nach etlichen Wiederholungen nahm niemand ab. Daher setzte ich mir meine Kopfhörer wieder auf und ließ die Musik weiterlaufen. Ich empfand es als ungewöhnlich, dass niemand meinen Anruf entgegennahm. Schließlich war Sonntagmittag und meine Eltern für gewöhnlich zu Hause. Ich wollte allerdings nicht zu viel in die Situation interpretieren und folgte stumm meinem Weg zur Arbeit. Dabei bemerkte ich, dass meine Schritte, je näher ich dem Friedhof kam, immer langsamer wurden. Totengräber war bestimmt nie mein Traumberuf, aber in diesen Minuten wollte ich wirklich nicht zur Arbeit. Tage wie dieser waren mit Abstand die schlimmsten an meiner Anstellung.

Beerdigungen liefen immer nach dem gleichen Schema ab. Ich bereitete alles für das Begräbnis vor und hielt mich dann bis zum Hinablassen des Sarges versteckt. Hier wurde ich gebraucht, um den kleinen, fahrbaren Kran zu bedienen, mit dem die Toten zu ihrer letzten Ruhe hinabgelassen wurden. Erst wenn die Zeremonie vorbei war und alle Trauergäste den Friedhof verlassen hatten, füllte ich das Grab mit Erde. Vorab sammelte ich die geworfenen Blumen auf dem Sarg ein und legte diese im Nachhinein auf dem Grab ab. Für gewöhnlich pflanzte ich abschließend noch ein paar Blumen in die frische Erde, räumte meine Werkzeuge auf und mein Arbeitstag war beendet. Eigentlich war daran nichts Besonderes und für gewöhnlich hatte ich auch keine großen Probleme mit meiner Tätigkeit. Heute durchzog mich jedoch ein ungutes Gefühl. Ich war ängstlich.

Sobald ich an meiner Arbeitsstelle angekommen war, wechselte ich meine Kleidung und überprüfte die Gräber. Es war kaum Dreck nachgerutscht und ich musste wenig nachbessern. „Die beiden hast du gut abgestützt!", lobte ich mich selbst. Als nächstes organisierte ich das hölzerne Kreuz aus dem Lager des Friedhofs und begutachtete das Regal mit den zu pflanzenden Blumen. Ungewöhnlicher Weise war das Fach der Zwillinge leer. Ich machte mir aber nichts daraus, lief zu den Gräbern und platzierte das Kreuz mittig hinter die Ruhestätte. Den Grabstein würde ich erst in den nächsten Monaten setzen können, wenn sich die Erde um die frischen Löcher verdichtet hatte. Demnach stieg ich nacheinander in die Gräber hinab und schaufelte die nachgerutschte Erde nach oben. Während ich arbeitete, dachte ich über die Mädchen nach. Ich war neugierig und wollte unter allen Umständen erfahren, was den Zwillingen zugestoßen war. Jedoch hatte ich mich noch nie zuvor für das Schicksal meiner Kunden interessiert und grübelte, wie ich an mehr Details kommen konnte.

Nach kurzer Überlegung schoss mir eine simple Lösung wie ein Geistesblitz in den Kopf: „Ich kann mich im Anschluss mit dem Pfarrer unterhalten! Möglicherweise kann ich zwei Fliegen mit einer Klappe schlagen und dem Typen sogar etwas auf den Zahn fühlen! Vielleicht wird er mein Ansprechpartner!" Ich hielt es für einen guten Plan. Nachdem die Vorbereitungen abgeschlossen waren, machte ich mich auf den Weg zum Pausenraum. Schließlich hatte ich noch mindestens eine halbe Stunde Zeit, bis die ersten Trauergäste eintreffen würden.

Vor Ort fingerte ich mein Mobiltelefon aus meiner Jackentasche und versuchte abermals meine Eltern zu erreichen. Ich ließ es lange klingeln, doch niemand nahm den Hörer ab. Just in der Sekunde, in der ich meine Mutter auf ihrer mobilen Nummer anrufen wollte, tauchte mein Chef in dem Aufenthaltsraum auf. Noch vor der Begrüßung erkundigte er sich, ob ich alles für das Begräbnis geregelt hatte. Ich bejahte. Da mir die Neugier unter den Fingernägeln brannte, fing ich postwendend an, ihn zu löchern: „How did the twins die?"[30] Er schaute mich nachdenklich an und antwortete: „I don't know, haven't read anything in the paper. I only know the city council has paid for the funeral."[31] Ich stierte mit aufgerissenen Augen zurück und bohrte nach: „Why?"[32] - „Sorry pal, that's all I

---

[30] „Wie sind die beiden Kinder gestorben?"
[31] „Ich habe keine Ahnung. In der Zeitung war nichts darüber zu lesen. Ich weiß nur, dass die Stadtverwaltung für das Begräbnis bezahlt hat."
[32] „Warum?"

know."[33] Er wirkte merklich genervt und fing unvermittelt an, in seinem Spind zu wühlen. Ich lehnte mich zwischenzeitlich auf meinem Stuhl zurück und malte mir Szenarien für die Mädchen aus. „Wie können Zwillinge zufällig am gleichen Tag sterben?", überlegte ich mit gesenktem Haupt. „Vielleicht waren die beiden Mädchen krank?", kam mir in den Sinn. Während meinen Überlegungen holte ich mir mein Pausenbrot aus dem Spind und biss davon ab. „Aber, dass beide am gleichen Tag sterben, kann bei einer Krankheit kaum vorkommen.", spann ich meine Gedanken weiter. „Wie können Geschwister am gleichen Tag das Zeitliche segnen?" In dem Augenblick bemerkte ich selbst den Zynismus hinter meinen Gedanken. Das schien aber eine Berufskrankheit zu sein, denn meine Kollegen und auch mein Chef, der einige Schritte neben mir immer noch seinen Spind durchforstete, ließen oft ähnliche Sprüche von sich hören. „Kann es ein Gewaltverbrechen gewesen sein?", überlegte ich als nächstes und üble Gedanken stiegen in mein Hirn: „Was, wenn ihr Vater sie umgebracht hat?" Ich schüttelte mich und schob den Gedanken schnell zur Seite. An so etwas wollte ich nicht denken. Mir stellte

---

[33] „Entschuldige Kumpel, das ist alles, was ich über die beiden weiß!"

es förmlich die Haare zu Berge. Aus dem Nichts kam mir die zündende Idee: „Es muss ein Autounfall gewesen sein, alles andere ergibt keinen Sinn!" Kurzzeitig hielt ich mich für einen Detektiv und war mir sicher, dass ich den Fall gelöst hatte.

Wie von der Tarantel gestochen fing mein Chef an zu jubeln und zu schreien: „Fuckin´ found ya!"[34] Dabei hielt er seine Geldbörse in die Höhe. „I thought I lost that fuckin´thing! The only reason I came here today!",[35] teilte er mir mit einem verschmitzten Grinsen mit. „ Have a good day, I gotta run!",[36] prustete er noch schnell in den Raum. Bevor ich jedoch meinen Bissen geschluckte hatte, war er schon aus der Tür verschwunden. Zur Verabschiedung gab ich ihm ein Handzeichen und nickte zustimmend mit dem Kopf, obwohl er nicht einmal in meine Richtung blickte. Ich gab nichts darauf. Ich war froh, dass er weg war und ich meine Ruhe hatte. Genüsslich verschlang ich den Rest meines Brotes und setzte wieder meine Kopfhörer auf.

Nachdem ich einige Minuten im Geist mit der Musik mitgesungen hatte, entdeckte ich durch das Fenster den

---

[34] „Scheiße ey, gefunden!"
[35] „Ich dachte schon, ich hab´ das scheiß Teil verloren. Nur deswegen bin ich heute hier!"
[36] „Schönen Tag noch, ich muss weiter!"

Pfarrer, der auf den Friedhof marschierte. Ihm folgten vier Männer, die jeweils zu zweit einen der kleinen Särge trugen. Ich kannte zwei der Jungs. Sie arbeiteten für ein Bestattungsunternehmen, mit dem ich schon häufiger zu tun hatte. Allerdings hatte ich noch nie einen von ihnen als Sargträger gesehen. Für gewöhnlich kümmerten sie sich eher um Organisatorisches. Mir kam das Ganze auf Anhieb merkwürdig vor. Vor Allem, da mir der Pfarrer auch fremd war. Aus der Ferne sah er jung aus und schien sein rechtes Bein hinterherzuziehen. Langsam absolvierte die kleine Gruppe ihren Gang zur Ruhestätte, während ich mich wunderte, wo die restlichen Trauergäste blieben. Beim Ableben eines Kindes waren Trauergemeinden entweder enorm groß oder familiär und klein. Nicht eine lag dazwischen.

Ich nahm die Kopfhörer ab, stand von meinem Stuhl auf und stellte mich in den Türrahmen des Häuschens. Die Gruppe hatte schon die Hälfte des Weges hinter sich gelassen, während ich immer wieder zum Eingang schielte. Minute für Minute ging vorüber, doch niemand schritt durch das Tor. „Was ist hier los?", nuschelte ich vor mich her, während ich mich neugierig an die Gräber schlich. „Sind die Familienmitglieder vielleicht durch den Nebeneingang auf den Friedhof gekommen?", betrachtete ich die Situation. „Dort kann man aber auch nicht besser parken. Was geht hier vor?"

Erst als ich nochmals ein Stück näher an der Ruhestätte war und um einen überdimensionalen Busch spähte, entdeckte ich, was an den Gräbern wirklich vor sich ging. Der Pfarrer stand alleingelassen vor den beiden Särgen und fuchtelte mit den Händen. Vermutlich rasselte er dabei sein übliches Programm herunter. Mir stockte der Atem und ungläubig näherte ich mich dem Geschehen. Dabei erweckte das Geräusch der Kieselsteine unter meinen Schuhen die Aufmerksamkeit des Pfarrers und er winkte mich, mitten unter seiner Predigt, zu sich. Ich folgte seinem Handzeichen und eilte auf ihn zu. Inzwischen hatte er seine Rede pausiert und wartete. Allein dafür fand ich ihn unsympathisch.

Als ich nah genug bei dem Geistlichen war, hakte ich sofort nach: „Why is nobody here?"[37] Er zuckte mit den Schultern und seine Antwort ließ es mir kalt den Rücken entlang laufen: „They were orphans."[38] In meinem Hals bildete sich unverzüglich ein Kloß. Ich hielt inne und nach kurzer Denkpause gab ich zurück: „So what? What about the children from the orphanage,

---

[37] „Warum ist niemand hier?"
[38] „Sie waren Waisen."

the housemasters, anybody?"[39] Meine Stimme zitterte. „I don't know why nobody showed up."[40], pflichtete mir der Pfarrer bei. „What about the four pallbearer? Where are they?"[41], führte ich das Gespräch fort. „There is a football match in an hour and they had tickets, that's why they left. I was lucky enough to find someone to carry the coffins!"[42] Mir fiel das Kinn nach unten. So etwas hatte ich noch nie gehört. „Alright…let me get this…nobody cares about their death?"[43], stellte ich mit stockender Stimme fest. „It seems so, yes"[44], bekam ich in gleichgültiger Stimmlage zurück. Mein Körper zitterte stärker und ich bemerkte, wie Wut in mir aufstieg. Der Pfarrer wirkte, als ob ihm das Schicksal der Kinder genauso egal war. Ich hielt mich aber noch zurück und erkundigte mich mit möglichst sanfter Stimme:

---

[39] „Na und? Was ist mit den anderen Kindern aus dem Waisenhaus oder ihren Erziehern, irgendjemand?"
[40] „Ich weiß nicht, warum niemand gekommen ist."
[41] „Was ist mit den vier Sargträgern? Wo sind sie?"
[42] „In einer Stunde fängt das Fußballspiel an und sie hatten Tickets, deswegen sind sie gegangen. Es war ein glücklicher Zufall, dass ich überhaupt jemand gefunden habe, um die Särge zu tragen!"
[43] „Also…damit ich das richtig verstehe…es interessiert niemanden, dass die beiden tot sind?"
[44] „Es scheint so, ja."

126

„Do...Do you know how they died?"[45] - „Yes!"[46] antwortete er ohne eine Miene zu verziehen. „One of them fell into a lake near the orphanage, probably while playing. The other presumably tried to rescue her sister. At least that's what the police told me. They were found later in the evening, both drowned.[47]

Wenn es um den Tod ging, hatte ich über die Jahre Einiges erlebt. Das hier war neu. Ich schüttelte mich und schluckte. Selten war ich in meinem Job den Tränen so nahe. Mir taten die beiden unglaublich leid und ich wusste nicht, was ich tun sollte. Einerseits war ich wütend auf die Welt und andererseits so unglaublich traurig über das Kinderschicksal, dass ich in meiner Hilflosigkeit den Pfarrer fragte: „What do we do now?"[48] Er sah mich mit seinen braunen Augen an, schnaubte kurz und erwiderte: „I´m not doing anything. My job here is almost done. We can´t do anything for them anymore anyway. It's probably

---

[45] „Wissen Sie vielleicht, woran die beiden gestorben sind?"
[46] „Ja!"
[47] „Eine der beiden ist beim Spielen in einen See in der Nähe des Waisenhauses gefallen und die andere hat wohl versucht, ihre Schwester zu retten. Das hat mir die Polizei gesagt. Sie wurden später am Abend gefunden, beide ertrunken."
[48] „Was machen wir jetzt?"

better both are dead!"[49] Diese Antwort ließ mir das Blut in den Adern gefrieren und eine Welt in mir zusammenstürzen. Ohne Umschweife schoss mir ein Gedanke durch den Kopf: „Wie kann ein Pfarrer so kaltherzig sein?" Mit jedem Wimpernschlag wurde ich wütender und mein Gesicht versteinerte. Ich kämpfte innerlich mit mir selbst. Nach einigen Sekunden der Stille schluckte ich allerdings meine Gedanken und befahl mir, ruhig zu bleiben. Obwohl ich diesem Mann Gottes am liebsten ins Gesicht gespuckt hätte. Ich atmete wiederholt tief durch und stellte mich, mit meinen dreckigen und löchrigen Klamotten, als einziger Trauergast vor die beiden Gräber.

Dort hörte ich mir die Rede des Pfarrers an und wartete auf meinen Einsatz. Sobald es an der Zeit war die Särge nach unten zu lassen, positionierte ich den Kran und wickelte ein Seil um die erste Totenkiste. Auf ihr war ein kleines Emblem mit dem eingravierten Namen der Toten angebracht. Dadurch konnte ich erkennen, welche Schwester ich zuerst nach unten beförderte. Innerhalb weniger Minuten, in denen einzig und allein die Arbeitsgeräusche des Krans die ekelerregende Ruhe des Friedhofs durchbrach, war

---

[49] „Ich mache gar nichts! Meine Arbeit hier ist beinahe erledigt. Wir können sowieso nichts mehr für die beiden tun. Es ist wahrscheinlich besser, dass beide tot sind."

Sarahs Sarg unter der Erde. Anstandslos stieg ich hinterher und löste den Strick. Normalerweise waren zu diesem Zeitpunkt unzählige Augen auf mich gerichtet. Heute beobachtete mich nur der Pfarrer. Selten hatte ich mich so schlecht gefühlt. Mir fehlte an diesem Begräbnis irgendetwas. Vermutlich das Mitleid und die Tränen, die den Toten sonst zu Teil wurden. Für gewöhnlich hörte man Menschen weinen und schluchzen. Heute war die Atmosphäre unerträglich still. Beim Heraufsteigen bemerkte ich, wie der Kloß in meinem Hals dicker wurde und ich stärker zitterte. Es war schlichtweg ein eigenartiges Gefühl. Mir taten die Mädchen einfach nur leid. Trotzdem versuchte ich möglichst professionell zu wirken und verzurrte das Seil um Alisons Sarg. Mit der Zeit hatte ich einiges an Übung bekommen und konnte innerhalb weniger Handgriffe abermals die Kiste einhaken. Auch der zweite Zwilling war innerhalb von Minuten zu seiner letzten Ruhe hinabgelassen. Ein letztes Mal stieg ich hinterher und wiederholte den Vorgang. In diesen Minuten kam ich mir jedoch nicht mehr wie ein Mensch vor. Ich war mehr ein Roboter, der einfach nur erledigte, was getan werden musste. Ich hasste mich dafür.

Danach stellte ich wortlos den Kran ab und lauschte den letzten Sätzen des Pfarrers. Ich konnte spüren, dass er nicht hier sein wollte und mir fiel auf, dass er immer schneller sprach. So wie ich auf meinem Weg zur Arbeit stetig langsamer geworden war, so wurde er jetzt hektischer. Mir kam es vor, als ob er in Eile wäre. Vermutlich wollte er nur das Fußballspiel sehen.

Ich stand dem Pfarrer gegenüber am Fußende der Gräber und wippte auf den Fersen hin und her. Dabei musterte ich ihn von oben bis unten und versuchte seine Persönlichkeit besser einzuschätzen. Allein seine Aussage, dass die beiden tot wohl besser dran waren, ließ ihn unausstehlich wirken und nichts was er sagte, konnte daran etwas ändern. Ich war mir sicher.

Mit jedem Heben und Senken meiner Brust steigerte ich mich tiefer in meine Wut. Während ich den Geistlichen weiter musterte, fiel mir ein Gedanke wie Schuppen vor die Augen: „Keinem von euch Arschgeigen erzähle ich irgendetwas. Vor allem du, du bist das Letzte für mich!" Ich war so voller Wut, dass ich dem Pfarrer am liebsten ins Gesicht geschlagen hätte.

Nachdem der Pfarrer sein letztes Amen ausgesprochen hatte, richtete er seine Augen auf mich und verkündete: "Your turn now, have a nice day. I have to get going!"[50] Ich schaute ihn mit

---

[50] „Jetzt bist du dran, schönen Tag noch. Ich muss los!"

wutentbrannten Augen an. „Meint der das Ernst? Geht der wirklich?", doch bevor ich diesen Satz zu Ende denken konnte, war er schon dabei, den Platz zu verlassen. Erst als er einige Schritte an mir vorüber war, drehte er sich nochmals um, schaute auf die Totenkisten und sagte mit traurigen Augen: "You know, burying children is never easy, burying twins is even harder, but do you know what gives me the creeps about those two?"[51] Ich blickte ihn fragend an und wie von selbst redete er einfach weiter: „It´s as creepy as it is beautiful. When the girls were found, they were still holding hands."[52] Mit offenem Mund schaute ich ihn an und in meinen Synapsen kreiste ein Gedanke: „Was will er mir damit sagen?" Im selben Moment redete der Pfarrer weiter: „I want to leave now, I need to be alone!"[53], und ohne auf meine Antwort zu warten, drehte er sich um und machte sich mit hängenden Schultern auf den Weg zum Ausgang. Ich blieb für einige Augenblicke verblüfft stehen und dachte über mein Urteil nach.

---

[51] „Weißt du, Kinder zu begraben ist nie einfach. Zwillinge zu begraben ist noch schwerer. Aber weißt du, was mir bei den Beiden richtig Gänsehaut bereitet?"
[52] „Es ist so gruselig, wie es schön ist. Als man die beiden gefunden hat, hielten sie immer noch Händchen."
[53] „Ich möchte jetzt gehen, ich muss allein sein!"

War dieser Typ gar nicht das Arschloch, für das ich ihn gehalten hatte? Wollte er einfach nur schnell fertig werden, damit es vorbei war? Ich atmete lange aus und meine Wut war wie weggeblasen.

Vollkommen abwesend fing ich an, die beiden Löcher aufzufüllen. Zuerst besorgte ich mir eine Schaufel, dann deckte ich den zur Seite gelegten Haufen Erde ab. Abwechselnd links und rechts schmiss ich den Dreck nach unten. Jedes Mal, wenn die Erde dabei auf den hohlen Sarg fiel, erzeugte sie ein Geräusch, das mir die Nackenhaare aufstellte. Sofort waren die Mädchen wieder in meinem Kopf. „Wer die beiden wohl waren? Was ist mit ihren Eltern passiert und wie sind sie zu Waisen geworden?" Je größer mein Bild über das Schicksal der beiden wurde, umso mehr grauste mir. Mir wurde nur eines klar: Die beiden hatten kein schönes Leben. Zum ersten Mal, seit ich auf dem Friedhof angefangen hatte, hasste ich die Ruhe um mich herum. Ich war mit meinen Gedanken allein und es gab nichts, was mich von ihnen ablenken hätte können. Selbst wenn ich meine Kopfhörer nicht im Pausenraum liegen gelassen hätte, wollte ich irgendwie keine Musik hören. Ich wollte nachdenken, ich musste vielleicht nachdenken. Mir waren in den letzten Tagen Engel erschienen und doch zweifelte ich. Ich zweifelte am Sinn des Lebens, ob der Tod für manche nicht der bessere Ausweg war und wie ein allmächtiges Wesen zwei kleine Kinder so ein Leben und ein noch jäheres Ende zumuten konnte. Wieder einmal ergab Nichts einen Sinn.

Mittlerweile hatte ich schon so viel Dreck nach unten befördert, dass nur noch Erde auf Erde fiel, man die beiden billig wirkenden Särge nicht mehr sehen konnte und das entsetzliche Geräusch endlich vorüber war. Nach wenigen weiteren Minuten waren beide Gräber dann ebenerdig zugedeckt.

Ich setzte mich abschließend mittig vor die Ruhestätte und betrachtete meine Arbeit. Dazu zündete ich – verbotenerweise - eine Zigarette an und lehnte mich zurück. Die Sonne brannte mir auf den Kopf, ich war durchgeschwitzt und nur der leichte Wind, der über den Friedhof wehte, erfrischte mich. Nach einem Zug an meiner Zigarette wurde mir bewusst, dass ich nicht einmal Blumen oder Kränze hatte, um das Grab zu schmücken. Es war schließlich niemand anwesend, der etwas hinunterwerfen hätte können und die Stadt war augenscheinlich zu geizig, um für Blumen zu bezahlen.

Ich überlegte, während ich an meiner Kippe zog, was ich tun könnte. Dann richtete ich meine Augen zum Himmel und meckerte in Gedanken: „Was soll die Scheiße? Hörst du mich? Was soll diese Scheiße?" Ich wartete auf eine Antwort von oben und zündete mir nach einigen Minuten abermals eine Zigarette an. Wieder spähte ich zu den Wolken. Dabei hielt ich den Glimmstängel mit drei Fingern in die Luft und stellte klar: „So lange hast du Zeit! Ich will wissen, was die Scheiße soll!" Innerlich kämpfte ich mit mir und zog nervös den Rauch in meine Lunge. Gemächlich verbrannte die Glut das weiße Papier, eine Antwort blieb trotzdem aus. Als die Asche kurz vor dem Filter stand, drückte ich die Kippe neben mir in den Kies, schwang mich auf die Beine und starrte erneut gen Himmel: „Fick dich, ich brauch' deine Hilfe nicht."

Sofort richtete ich meine Augen auf die Grabstätte und betrachtete die braune Erde. Wie ein Geistesblitz hatte ich einen Beschluss gefasst: „Scheiß drauf, ich kündige hier und geh zurück nach Deutschland!" Dabei nickte ich leicht mit dem Kopf und starrte weiter auf die Gräber. „Euch beide versorge ich aber noch richtig, die sollen mir ruhig kündigen!" Mit diesem Satz packte ich meine Schaufel und lief zum Grab nebenan. Dort hob ich eine der unzähligen Blumen aus und setzte sie auf Alisons Ruhestätte. Ohne Umschweife lief ich zum übernächsten Grab und wiederholte die Aktion. Immer und immer wieder grub ich aus den zahllosen Gräber Blumen aus und pflanzte sie bei den Zwillingen ein. Als ob ich wirklich verrückt geworden wäre, wiederholte ich das Ganze, bis die Ruhestätten der Mädchen vollständig bepflanzt waren. Dann kamen mir die wunderschönen Rosen in den Kopf, die ich im Lager gesehen hatte. Sie waren für jemand anderen bestimmt, aber: Das war mir egal.

Ich spurtete schnurstracks los und holte die Gewächse. Jeweils eine pflanzte ich auf die Gräber der Schwestern. Sarah bekam eine rote und Alison eine weiße Rose, die ich mittig über ihren Särgen einpflanzte. Dort, wo ich ihre Herzen vermutete. Erst jetzt war ich mit meiner Arbeit zufrieden und hatte dabei die wohl farbenfrohesten Gräber auf dem ganzen Friedhof erschaffen. Dass überall sonst Blumen fehlten, fiel nicht auf. Niemand würde davon Wind bekommen.

Nach getaner Arbeit nahm ich wieder vor der Ruhestätte Platz und ließ meine Augen darüber wandern. Ich konnte mit meinem Werk zufrieden sein und ein Lächeln machte sich in meinem Gesicht breit. Zur Belohnung steckte ich mir eine weitere Zigarette an und lies die beiden Mädchen abermals in meine Gedanken.

Ich wusste nicht einmal wie die beiden aussahen und doch hatte ich großes Mitgefühl mit ihnen. Mein Blick schweifte währenddessen nochmals über die Gräber und plötzlich bemerkte ich ein Detail auf dem Holzkreuz. Bis dato hatte ich den Nachnamen der beiden nie beachtet! Zeitgleich bekam ich Gänsehaut und ein Schauer breitete sich vollständig in meinem Körper aus. Die Kinder hießen Doe.

Ich erinnerte mich an meine wenigen Wochen im englischen Krankenhaus. Diesen Nachnamen gab man auf meiner Station Menschen, denen man keinen Namen zuordnen konnte. Meist waren das Alkoholleichen, die, bis sie wieder ansprechbar waren, einfach einen Namen zugewiesen bekamen. Oft handelte es sich auch um psychisch verwirrte Personen, die die Polizei irgendwo aufgegabelt hatte. Ein männlicher Patient wurde immer John Doe genannt, ein weiblicher immer Jane. Ich schlug mir die Hand vor den Mund und dachte schockiert nach: „Wussten die beiden nicht einmal wer ihre Eltern waren?" Ich zitterte und überlegte weiter: „Kannten sie also nicht einmal ihre Herkunft oder hießen sie durch Zufall so?" Es schauderte mich förmlich bei dem Gedanken und mir kam mein neues Motto vom Tag zuvor in den Sinn. Leise sagte ich es vor mich her: „Ich glaube nicht mehr an Zufälle!"

Bei diesem Gedanken stützte ich mein Körpergewicht mit den Armen nach hinten ab und richtete meinen Blick nach oben. Leise flüsterte ich: „Was soll die Scheiße?" Sofort begann meine Stirn in einem extremen Tempo zu pochen und ich war zu keiner Regung mehr fähig. Als ob mich eine unsichtbare Hand nach unten halten würde, saß ich wie gelähmt auf dem Boden.

Überraschend hörte ich Kinderlachen und in einem Duett sprachen zwei Stimmen in meinem Kopf. *„Sei nicht böse! Alles ist, wie es muss"* - „Sarah? Alison?", erwiderte ich in Gedanken. *„Nicht mehr.",* bekam ich zurück. „Was ist, wie es sein muss?", ermittelte ich neugierig. *„Du siehst es nicht. Schon bald!",* kam mir entgegen. „Ich...ich verstehe nicht!", stammelte ich zurück. *„Alles kommt, wenn du es brauchst. Merk dir das. Immer!",* und die Stimmen fügten noch etwas hinzu: *„So hat sich nie jemand um uns gekümmert. Danke!",* mit diesem Satz verschwand das Pochen abrupt und ich konnte mich wieder bewegen.

Leicht zittrig verharrte ich noch einige Minuten in Position und stierte auf das Grab. Mein Körper bebte und ich vertiefte mich zunehmend in meine Gedanken. Meiner Meinung nach hatte ich nichts Großartiges getan, schließlich hatte ich nur meinen Job erledigt. Anscheinend hatte ich jedoch meinen Teil erfüllt und mir stieg ein Grinsen ins Gesicht. Es war Zeit nach Hause zu gehen. Dementsprechend räumte ich meine Werkzeuge auf, wusch mir die Hände und zog mich um. Nach weniger als einer halben Stunde war ich schon wieder auf dem Weg in meine Wohnung.

Als ich den Friedhof verließ, wurde mein Grinsen noch breiter. Ich würde diesen Weg nicht mehr oft nehmen. Mein Beschluss stand fest, ich wollte zurück nach Deutschland. Mit Musik im Ohr stolzierte ich zur Station und stieg in die erstbeste U-Bahn nach Süden. Mit etwas Glück ergatterte ich, in dem sonst überfüllten Zug, einen freien Sitzplatz und ließ mich darauf fallen. Zudem stieg an der nächsten Haltestelle mein Sitznachbar aus und ich konnte es mir etwas gemütlicher machen. Aus irgendeinem Grund beanspruchte niemand den Sitz neben mir. Ich gab nichts darauf.

Aus Langeweile prüfte ich meine Umgebung und meine Augen fielen auf einen betrunkenen Mann, der einige Meter neben mir im Gang stand. Ich musterte seinen Rücken, sein Gesicht konnte ich nicht erkennen. Er krallte sich zwar an einer Halteschlaufe fest, sein Torkeln konnte er trotzdem nicht verstecken. Grinsend las ich die Uhrzeit auf dem Handy ab und kommentierte die Umstände mit meiner inneren Stimme: „Respekt! Es ist 5:55 Uhr und du siehst aus wie Mitternacht!" Zeitgleich drehte der Mann sein Gesicht in meine Richtung und brachte mich zum Staunen.

Wenige Meter neben mir stand der Pfarrer und schaute mir tief in die Augen. Ich quälte mir ein Lächeln auf die Lippen und bettelte in meinem Kopf: „Bitte komm nicht her! Bitte komm nicht her!" Er hatte den freien Platz neben mir aber schon erspäht und drängte sich durch die anderen Passagiere. Gezwungenermaßen nahm ich meine Kopfhörer ab, denn innerhalb weniger Augenblicke hatte er sich schon neben mir breit gemacht und ein Gespräch eröffnet: „Did you take good care of those two?"[54] Dabei blies er mir eine ordentliche Fahne ins Gesicht und ich schob mit meiner Hand die Luft zur Seite. „Yes, I did all I could - the graves are really beautiful!"[55] - „ I am glad to hear that. Thank you!"[56], dabei lächelte er ein Augenzwinkern lang und fuhr dann fort: „I went to a pub. Sorry I couldn´t stay any longer. This funeral was the hardest one ever!"[57] Ich schaute ihn fragend an und wusste nicht, was ich antworten sollte. Das brauchte ich auch nicht, der Alkohol schien die Worte aus ihm zu treiben. „ You know, a long time ago I had a sister. Her

---

[54] „Hast du dich gut um die beiden gekümmert?"

[55] „Ja, ich habe getan was ich konnte. Ich glaube die beiden Gräber sehen echt gut aus!"

[56] „Das ist schön zu hören. Ich danke dir!"

[57] „Ich bin in eine Bar gegangen. Entschuldige bitte, dass ich nicht länger bleiben konnte. Die Beerdigung war die Schlimmste, die ich je halten musste."

name was Alice, too."[58] Dabei verzog er sein Gesicht, als ob er versuchte, seine Gefühle zu unterdrücken. „We were involved in a car accident, back when we were kids. My foot broke so many times; I still cannot walk properly."[59] Danach benötigte er, um die Fassung zu bewahren, eine kleine Pause. Nach einigen tiefen Atemzügen, in denen ich meine Hand auf seine Schulter legte, redete er weiter: „She was dead in an instant, right next to me." Mir lief ein Schauer über den Rücken, während der Priester unbeirrt weiterredete: „It was impossible not to notice your dissatisfaction, but I could not stay any longer. All this reminded me too much of my sister!"[60] Dabei wendete er seinen Aufmerksamkeit von mir ab und starrte auf den Boden. Ich musste schon beinahe Lippen lesen, so leise flüsterte er vor sich her: „It seems like I'm still not over it. Otherwise, I would have given a better sermon

---

[58] „Weißt du, vor langer Zeit hatte ich einmal eine Schwester. Ihr Name war Alice."
[59] „Als wir Kinder waren, hatten wir einen Autounfall. Ich habe mir damals so oft den Fuß gebrochen, dass ich heute noch nicht richtig laufen kann."
[60] „Ich habe bemerkt, dass du mit der gesamten Situation unzufrieden warst, aber ich konnte nicht länger bleiben. Das alles erinnerte mich zu sehr an meine Schwester."

today!"[61] Dann machte er abermals eine Pause, drehte den Kopf zu mir und teilte mir mit bebender Stimme mit: „Believe me when I tell you this - if I could trade with my sister, I would. I definitely would!"[62]

„I'm so sorry!"[63], schoss aus mir heraus. Ich fühlte mich schlecht, weil ich den Pfarrer massiv falsch eingeschätzt hatte. Einige Male atmete ich ein und aus und überlegte, was ich sagen konnte. Da mir allerdings keine passenden Worte einfallen wollten, kam mir aus dem Nichts eine Idee. Ich schloss für einen Atemzug die Augen und in meinem Geist bat ich: „Uriel, Hilfe!"

Es dauert nur Sekunden und schon fühlte ich, dass mir jemand Wörter in meinen Kopf schob. Wie auf Knopfdruck redete ich los: „You know what, I am sure your sister is an angel now, watching over you. Let her rest and find your own peace. Let me tell you, I am sure - no, I know - the twins are angels, too. And I'm sure they are playing with your sister in heaven, right

---

[61] „Es scheint, als ob ich noch immer nicht darüber hinweg bin, ansonsten hätte ich heute eine bessere Predigt halten können!"
[62] „Glaub mir, wenn ich mit meiner Schwester tauschen könnte - ich würde!"
[63] „Das tut mir leid!"

now!"[64] Er sah mich mit seinen rehbraunen Augen an und ich konnte fühlen, dass er den Tränen nah war. Aber, innerhalb weniger Atemzüge hatte er seine Fassung wiedergefunden und man konnte in seinem Gesicht erkennen, dass ihm ein Licht aufging: „You are kind of right, but I simply miss her, especially today!"[65]

Wieder hatte ich eine Art Geistesblitz und antwortete, ohne mi der Wimper zu zucken: „It is perfectly fine to miss someone, but you must not allow your grief to take your will to live. Everything is as it should be. Do you think your sister would want you to be sad? All your life?"[66] Der Pfarrer sah mich mit immer größeren Augen an und sammelte sich. Dann antwortete er lächelnd: „You do a better job than I!"[67] Ich grinste zurück und stellte aus dem Augenwinkel

---

[64] „Weißt du, ich bin mir ziemlich sicher, dass deine Schwester jetzt ein Engel ist und über dich wacht. Lass sie ruhen und finde deinen eigenen Frieden. Ich bin mir ziemlich sicher, nein, ich weiß, dass die Zwillinge auch Engel sind. Ich könnte wetten, dass die drei gerade im Moment im Himmel miteinander spielen."
[65] „Ja, irgendwie hast du recht, aber ich vermisse sie einfach, besonders heute!"
[66] „Es ist okay, jemanden zu vermissen. Du darfst dir davon aber nicht deinen Willen zu leben nehmen lassen. Alles ist, wie es sein soll. Denkst du deine Schwester würde wollen, dass du ein Leben lang traurig bist?"
[67] „Du machst ja bessere Arbeit als ich!"

fest, dass die Bahn gerade in meine Endstation einfuhr. Ich erhob mich also von meinem Sitz, legte dem Priester nochmals eine Hand auf die Schulter und schaute ihm tief in die Augen. „Well, I know things. Have a nice day! Goodbye!"[68] Er starrte ungläubig zurück und stammelte „Byebye!"[69] Ich machte kehrt und verließ die Bahn. In meinem Rücken konnte ich, bis der Zug die Station verlassen hatte, die Blicke des Pfarrers spüren. Mit einem guten Gefühl im Bauch schlenderte ich aus dem U-Bahnhof und machte mich auf den Weg nach Hause.

Kaum lag ich im Wohnzimmer auf dem Sofa, klingelte mein Mobiltelefon. Meine Mutter war am Apparat und schrie mir ins Ohr: „Kind, ich hab´ Neuigkeiten!" - „Erstmal, hallo Mama, was ist denn los?" Sie war wegen irgendetwas aufgebracht. Ich hatte allerdings keine Ahnung, was passiert sein könnte. Ohne mir eine Verschnaufpause zu gönnen, prustete sie los: „Ich hab´ dir doch schon vor einigen Wochen erzählt, dass deine Cousine schwanger ist?" - „Ja Mum, hast du. Weiß man schon, was es wird?", fragte ich beiläufig und täuschte Interesse vor. Mein Kopf war

---

[68] „Naja, ich weiß halt Dinge. Schönen Tag noch! Tschüss!"
[69] „Tschüss!"

momentan zu überladen, als dass ich mich großartig unterhalten wollte. Meine Mutter kümmerte das allerdings wenig. Sie redete beharrlich weiter: „Du fängst falsch an! Weißt du noch, dass deine Cousine immer davon erzählt hat, dass sie gerne mehrere Kinder hätte?" - „Ja Mum, das hat die schon mit sechzehn erzählt, warum?", hakte ich mit ruhiger Stimme nach und fügte noch hinzu: „Mach´s nicht so spannend, was ist los?" Endlich bekam ich Auskunft: „Deine Cousine war letzte Woche beim Arzt. Es wird ein Junge!" - „Schön Mum, aber warum bist du so aufgeregt?", versuchte ich, das Gespräch näher zur Quintessenz zu lenken. „Der Arzt hat beim Ultraschall noch etwas entdeckt, ich leite dir mal eben ein Foto weiter!" - „Mum, ich telefoniere mit dem Handy. Ich kann das Bild jetzt nicht anschauen! Was ist denn?", antwortete ich besorgt und hängte noch ein „Ist alles okay?" an. „Kind, es läuft wie am Schnürchen!" - „Boaahh Mum, was ist denn jetzt?" Mit ihrer Antwort hatte ich nicht gerechnet: „Der Arzt hat gesagt, dass ihm wohl etwas entgangen sein muss. Es ist nämlich nicht nur ein Junge, sondern zwei. Sie bekommt Zwillinge! Die ersten überhaupt in unserer Familie!" Ich war sprachlos und versuchte den Anruf so schnell wie möglich zu beenden: „Echt, das ist ja schön! Aber hör mal, Mum, bei mir hat es eben an der Haustür geklingelt. Ich ruf' später zurück! Bis gleich!" Rigoros unterbrach ich das Telefonat und ohne zu Zögern öffnete ich die Datei auf meinem Mobiltelefon.

Mir trieb es unverhofft ein Lächeln ins Gesicht. Die Aufnahme auf dem schwarz-weiß-grauen Ultraschall-Bild erweckte den Eindruck, als würden die beiden Kinder Händchen halten. Sofort dachte ich an Sarah und Alison. Anscheinend war wirklich alles so, wie es sein sollte.

Kapitel 6

Damit meine Mutter nicht bemerkte, dass ich ihr ins Gesicht gelogen hatte, hörte ich erstmal eine Stunde Musik und rief dann zurück. Wir telefonierten noch einige Zeit und ich beschloss nebenbei, mir den Urlaub wirklich zu gönnen. Ich wollte meine Überlegung, nach Deutschland zu gehen, nochmals durchdenken. Also schrieb ich meinem Chef eine Kurznachricht und erkundigte mich, ob ich drei Tage zu Hause bleiben konnte. Mittlerweile pochte meine Stirn aufs Neue, ich nahm das aber als gutes Zeichen. Binnen Minuten schrieb mein Chef zurück, dass er nichts dagegen hatte. Ich konnte also endlich mal wieder ausschlafen. Nachdem ich noch einige Zeit im Internet gesurft und mich in einige spirituelle Themen sowie die Namen und Aufgabenfeldern einiger Engel eingelesen hatte, ging ich gegen Mitternacht zu Bett.

Anfangs träumte ich unruhig von dem Begräbnis und meiner Cousine. Sogar im Schlaf konnte ich spüren, dass ich mich hin und her wälzte. Danach handelten meine Träume von dem Pfarrer und Haniel. Alles war zusammenhanglos und ich konnte nur vorbeizischende Bilder erkennen. Außerdem beobachtete ich mich auf einem Festival, das ich vor langer Zeit besucht hatte. Gepaart mit Ausschnitten vom Friedhof, die mich beim Ausheben der Löcher für die Zwillinge zeigten. Ich hielt es für den üblichen Wirrwarr, wie Träume halt so sind.

Innerhalb eines Wimpernschlags wurde jedoch die Welt um mich herum zu einem grünen Punkt am Horizont gezogen. Urplötzlich schwebte ich in einem Schwarzen Meer aus Nichts. Nur der Punkt, der unendlich weit weg zu sein schien, tauchte das Geschehen in ein grünliches Licht. Ich fühlte mich wie begraben und schrie verstört um Hilfe, bekam als Antwort jedoch nur Totenstille. Dies hielt eine Weile lang an, die ich damit verbrachte, durch den leeren Raum zu gleiten. Unerwartet durchbrach plötzlich eine Stimme die Stille und wies mich an: *„Gib, solang du hast!"* Wie auf Knopfdruck schlug ich die Augen auf und starrte schlaftrunken auf den Wecker neben mir. Die grünen Zahlen zeigten 3:33 Uhr an. Es war mitten in der Nacht und ich ratlos: „Was soll das bedeuten?" Ich war im Halbschlaf und alles andere als zum Denken aufgelegt. Also schlug ich meinen Kopf wieder in das Kissen und versuchte weiterzuschlafen. Dabei richtete ich meinen Blick auf die Uhr auf meinem Nachtkästchen. Genau in dem Moment, als die Anzeige auf 3:34 sprang, brüllte mir der Wecker entgegen. Ich erschrak und zuckte unvermittelt zusammen. Aus dem Radio ertönte es in voller Lautstärke: „Bongiorno!

147

Raphael is new in town! Try Raphaels Pizza!"[70] Damit wieder Ruhe einkehrte, beugte ich mich in einer Bewegung nach vorne und schlug genervt auf die Power-Taste des Gerätes. Für eine Sekunde fluchte ich, schließlich brauchte ich etwas Zeit, aber dann, erinnerte ich mich.

Ich hatte erst am Abend über Raphael gelesen. Er war einer der Erzengel in der Bibel, der Farbe Grün zugeteilt und mit der Aufgabe versehen, Menschen zu heilen und ihnen zu helfen, wieder eins zu werden. Was immer das bedeuten sollte. Mir war zwar nicht viel im Kopf hängengeblieben, für die Uhrzeit reichte mir das aber allemal. Ich rieb mir die Augen und überlegte: „Hat gerade Erzengel Raphael mit mir Kontakt aufgenommen? Was will er mir sagen?" Da ich jedoch einfach nur schlafen wollte, nahm ich mein Handy von meinem Nachtkästchen und startete mit einer Handgeste die Kamerafunktion. Innerhalb eines Wimpernschlags knipste ich ein Foto von meinem Wecker - nur um sicher zu gehen, dass ich mich am Morgen noch an die Angelegenheit erinnerte. Sobald das erledigt war, legte ich mich wieder um und schlief augenblicklich ein.

---

[70] „Guten Morgen! Raphael ist neu in der Stadt! Probiert Raphaels Pizza!"

Als ich wieder wach wurde, summte ich eine Melodie. Ich konnte sie allerdings keinem Lied zuordnen. Es lag mir auf der Zunge. Diese Melodie begleitete mich den ganzen Vormittag und ich trällerte den kurzen Ausschnitt unaufhörlich vor mir her. Während ich in der Dusche stand, mir Frühstück zubereitete und während ich aß, ging mir der Song nicht aus dem Kopf. Da ich meinen freien Tag und die Sonne nutzen wollte, beschloss ich, den Kyoto Garden zu besuchen. Ich nahm mir fest vor, mich beim Umsteigen besser zu konzentrieren und nicht wieder in die falsche Richtung zu fahren.

Es war früher Nachmittag als ich das Haus verließ. Einmal mehr machte ich mich auf den Weg zur U-Bahn. Nach wie vor summte ich die Melodie vor mir her. Da auf der Straße kaum Leute unterwegs waren, erreichte ich schneller als sonst den U-Bahnhof. Wie immer entwertete ich meine Karte an den Absperrungen und lief weiter zu den Zügen. Dann nahm ich die Rolltreppe zu den Gleisen. Je weiter ich nach unten kam, umso lauter wurde die Musik des Straßenmusikanten, der immer an der gleichen Stelle stand. Ich brauchte etwa bis zur Hälfte der Treppe, dann erkannte ich meinen Song.

Im Kopf ahmte ich seine Gitarre nach, doch den Namen des Liedes konnte ich mir beim besten Willen

149

nicht ins Gedächtnis rufen. Als ich unten angekommen war, huschte ich direkt zu dem Gitarristen und hakte nach: „Hey, hello! What's this song called?"[71] Als ob ich ihm gerade eine unglaublich dumme Frage gestellt hatte, schaute er mich mit großen Augen an und antwortete: „That's „stairway to heaven", my favorite song ever!"[72] Ich musste etwas über die Ironie lächeln und wollte mit einem daher gesagten „Thanks!"[73] weitergehen. Da fielen mir die Worte Raphaels ein. Ich zog also meinen Geldbeutel aus der Hosentasche und forschte darin nach Münzen. Ich hatte genau elf Cent im Geldbeutel. Erwartend schaute mich der Musiker an und ich checkte meine Scheine. „Fuck! Ich habe nur 20 Pfund Scheine, das wäre übertrieben!", fuhr durch meinen Schädel. Für einen Wimpernschlag überlegte, dann entschied ich: „Scheiß drauf, soll er's haben!" Mit diesem Gedanken warf ich einen Schein in den geöffneten Gitarrenkoffer des Musikers und lief weiter.

Nachdem ich mich wenige Schritte entfernt hatte, fing meine Stirn abermals an zu pochen. Zeitgleich bekam ich einen Satz in mein Gehirn geschoben: *Bleib doch, nur kurz!* Verblüfft drehte ich mich um. Der

---

[71] „Hey, Hallo! Wie heißt denn das Lied?"
[72] „Das ist „stairway to heaven" (Himmelsleiter). Mein absolutes Lieblingslied!"
[73] „Danke!"

Straßenmusiker sah mir direkt in die Augen und ließ mich in seinen ein Funkeln erkennen, das ich noch nie bei einem Menschen beobachtet hatte. Zudem war ich mir sicher, dass das Funkeln kurz zuvor nicht vorhanden war. Wieder hämmerte es in meinen Kopf: *„Danke. Bis bald!"* Als ich diesen Satz empfangen hatte, konnte ich beobachten, wie der Musiker sich schüttelte und seine Umgebung prüfte. Auf mich machte es den Eindruck, als ob er nicht wusste, was vor sich ging. Trotzdem lächelte er mich an und spielte unbeirrt weiter. Das Funkeln in seinen Augen war allerdings verschwunden. Ich spazierte beharrlich weiter zu den Gleisen und nahm meine U-Bahn zum Holland Park.

Ehe ich mich versah, war ich schon an der Tottenham Court Road und stieg auf die Central Line um. Wie ein Tourist überprüfte ich penibel den Weg zu meinem Gleis, um schlussendlich auch wirklich mein Ziel zu erreichen. Binnen Minuten hatte ich den Zug gewechselt und nach weiteren zehn konnte ich an der Station aussteigen.

Kaum an der Erdoberfläche, huschte ich direkt in den kleinen Laden nebenan und versorgte mich mit zwei kalten Dosen Cola und einer Packung Walnüsse. Danach folgte ich der Straße weiter nach links. Abschließend quälte ich meine Raucherlunge den Berg zum Park hoch. Die Sonne brannte dabei unbändig vom Himmel und bis ich den Eingang erreicht hatte, lief mir der Schweiß von der Stirn.

Ich atmete kurz durch, bewunderte dabei das gemauerte Eingangstor und schritt hindurch. Ohne Umwege steuerte ich auf den Kyoto Garden zu. Mein Weg führte über eine unbefestigte Straße, die von einer hölzernen und teilweise modrigen Umzäunung eingegrenzt wurde. Hier konnte man überall Eichhörnchen beobachten, die sich mit der Zeit derart an den Menschen gewohnt hatten, dass man sie problemlos füttern konnte. Ich zog also meine Walnüsse aus der Tragetasche und legte einige davon an den Wegrand. Kaum hatte ich die Nüsse platziert, war schon eines der Tiere bei dem Häufchen und huschte mitsamt seinem Futter zurück auf einen Baum. Ich beobachtete das Schauspiel und lächelte.

Etwas weiter entlang des Weges erblühte der Park in allen Farben des Regenbogens und der Duft der Pflanzen lag in der Luft. Ich atmete tief ein, reckte meinen Kopf in die Höhe und hielt für einen Moment inne. Für mich bedeutete die Natur Entspannung pur. Momentan kam mir ein Gedanke: „In Deutschland könnte ich häufiger ins Grüne. Ich würde schließlich in keiner Großstadt leben!" Eigentlich wollte ich aber nicht nachdenken, sondern mir einfach eine Bank suchen und Tiere beobachten.

Nach wenigen weiteren Gehminuten öffnete ich das hölzerne Tor zum Kyoto Garden. Allerdings waren alle Sitzgelegenheiten belegt und ich konnte nirgendwo ein Plätzchen ergattern.

Unbeirrt schlenderte ich einmal um den angelegten Teich und beobachtete dabei einen Pfau, der ein Stück weiter hinten in einer Wiese nach seinem Futter pickte. Sobald ich ein Eichhörnchen in meiner Nähe entdeckte, fischte ich eine Nuss aus der Verpackung und hielt sie dem Tier mit offener Hand hin. Jedes einzelne kam gerannt, schnappte sich sein Futter und verschwand wieder in den Grünflächen. Nachdem ich meine Runde um den See gedreht hatte, verließ ich den Kyoto Garden und suchte mir eine freie Bank in der Nähe.

Da ich auf die Schnelle keine Sitzgelegenheit für mich allein fand, ergriff ich die erstbeste Möglichkeit und nahm neben einem Obdachlosen Platz. Er hatte einen langen, grauen Bart und sein Gesicht wirkte aufgequollen. Bekleidet war er mit einer abgeschnittenen Hose und einem verdreckten T-Shirt voller Löcher. Auf dem Boden vor ihm standen drei Plastiktüten, vollgestopft mit Kleidung, einem Schlafsack und seinen restlichen Besitztümern. Jeder andere Mensch mied den Sitzplatz neben dem Vagabunden. Mir war das egal, so lange er nett war, war ich das auch.

Nach wie vor trug ich in die beiden Dosen durch die Parkanlage. Sobald ich mich gesetzt hatte, zauberte ich eine davon aus der Tasche. Ich bemerkte, wie der Obdachlose gierig auf das Getränk starrte. Vor allem als ich die Dose mit einem Knacken öffnete, zum Mund führte und einen ersten Schluck nahm. Wie selbstverständlich zog ich die zweite Dose aus meiner Tüte und bot sie ihm mit einer Handbewegung an. Er nickte mir zu und ich reichte ihm das Getränk. Bei dieser Bewegung kam ein Schmetterling angeflogen und nahm auf meinem Armband Platz. Ich staunte und dachte: „Hat das eine tiefere Bedeutung?" Das Tier war schneeweiß mit kleinen schwarzen Punkten an der Oberseite der Flügel. Ich blickte zu dem Obdachlosen, der hatte aber gerade keine Augen für mich, sondern spielte mit der Getränkedose in seinen Händen.

Unvermittelt öffnete der Landstreicher das Getränk und nahm einen großen Schluck. Da wir uns nicht begrüßt hatten, fing ich ein Gespräch an: „Hey, what´s your name?"[74] Noch mit der Dose am Mund stierte er mir in die Augen und zog seine Mundwinkel nach oben. Aus heiterem Himmel erkannte ich das unnatürliche Funkeln in seinen Augen. Unvermittelt spürte ich ein Pochen in meiner Stirn, das mit jedem

---

[74] „Hey, wie heißt du?"

Atemzug stärker wurde, als ob man meinen Kopf sprengen wollte. In meinem Geist entfaltete sich unterdessen die Antwort auf meine Frage: *„Ihr nennt mich Gabriel."* Im ersten Moment rutschte ich vor Schreck ein Stück zur Seite. Dann entspannte ich und flüsterte: „Der, den ich vermute?", und wieder wurden mir die Wörter direkt in meinem Kopf gedrückt: *„Der Erzengel."* Augenblicklich roch ich den Duft von Lilien und hörte Wasser plätschern. Ich hatte über Gabriel gelesen. Er war der Prophet unter den Engeln und wurde der Farbe Weiß zugeordnet. Von neuem durchströmte mich ein unbeschreibliches Glücksgefühl und meine Mundwinkel gingen nach oben. Ich war frei von Angst oder Ehrfurcht und freute mich schlichtweg, dass er neben mir saß. Nach einigen Sekunden, in denen mich der Obdachlose nur anstarrte, fing ich an zu reden: „Was verschafft mir die Ehre?" - *„Du hast alle Prüfungen bestanden. Du wirst eingeweiht. Gleich den Vielen vor und Unzähligen nach dir."* Das alles teilte er mir mit, ohne auch nur einmal seinen Mund zu öffnen. Er kommunizierte mit mir auf einer anderen Ebene.

In meinen Geist überlegte ich: „Er weiß, was mit Haniel passiert ist!" Postwendend bekam ich die Antwort: *„Hab Geduld! Erst sollst du erfahren, wie die Welt sich dreht."* Ich erwartete gespannt, was jetzt kommen würde. *„Das Leben ist ein Spiegel deiner Taten, deiner*

Wörter, deiner Gedanken!" - „Was bedeutet das?", überlegte ich in meinem Geist und bekam postwendend die Antwort: *„Nur, wenn du in den Spiegel lächelst, lächelt jemand zurück. Verstehst du?"* Ich fühlte mich, als ob in meinem Gehirn ganz sanft neue Verbindungen hergestellt wurden. Nach kurzer Überlegung antwortete ich: „Ich glaube, ja!" - *„Gut. Viele Menschen beachten den Spiegel nicht, du sollst anders tun!",* sprach der Engel in Menschengestalt und redete weiter: *„Folge deiner Intuition. Verstehst du?"* Mein Kopf begann noch stärker zu dröhnen, doch irgendwie mochte ich dieses Gefühl. Wieder antwortete ich: „Ich denke, ja!" - *„Gut. Viele Menschen folgen Vorbildern. Du sollst anders tun!"* Ich nickte und dachte: „Welchen Sinn das wohl hat?" Sofort bekam ich die Antwort: *„Erkenne die Ameisen. Überleben sie, wenn einige nicht für ihre Gemeinschaft arbeiten?"* Ich schaute verblüfft über den geschotterten Weg und erspähte einen Bau der Insekten. „Nein, vermutlich nicht!" - *„Gut. Viele Menschen kümmern sich ausschließlich um sich. Du sollst anders tun!",* wieder nickte ich zustimmend. *„Hast du Angst zu sterben?"* - „Nein, nicht mehr. Ich weiß inzwischen, dass das nicht das Ende ist!" - *„Gut. Viele Menschen leben unfrei, einzig aus Angst vor dem Tod. Du sollst anders tun!"* Abermals nickte ich.

„Beachte, dann wird es dir gut ergehen. Brennt noch etwas auf deiner Seele?" – „Ja, was ist mit Haniel passiert?", antwortete ich wie aus der Pistole geschossen. Ohne zu zögern hob der Obdachlose seine rechte Hand und legte sie auf meine Stirn. Sie war verschwitzt und dreckig, doch das störte nicht. Schon mit der kleinsten Berührung passierte in meinem Kopf etwas.

Wie aus dem Nichts kannte ich die Wege im Labyrinth meiner Erinnerungen und innerhalb eines Wimpernschlags sah ich mein ganzes Leben und die Leben davor vor meinen Augen vorüberziehen. Ich wusste sofort, was Haniel zugestoßen war. Zusätzlich erfuhr ich aber noch einiges mehr.

Ich war schon oft auf Erden gewesen, mal männlich, mal weiblich. Ich erkannte mich beim Kämpfen in unzähligen Kriegen und als Schafhirte auf grünen Wiesen. Ich errichtete Städte auf der ganzen Welt oder brannte sie anderswo nieder. Ich heilte als Mediziner Menschen im Mittelalter oder jagte mit brennenden Fackeln Hexen durch Wälder. Ich versteckte jüdische Kinder in meinem Keller, bis die Nazis kamen und mich bestraften, indem sie mir zuletzt das Leben nahmen. Ich ritt auf Kamelen durch nicht enden wollende Wüsten und zähmte umgeben von schneebedeckten Bergen Wölfe. Ich gebar Kinder und verlor sie durch Krankheiten und Hungersnöte. Ich war dabei, als die Pyramiden gebaut wurden und ich sah mich Waffen aus Stöcken und Steinen herstellen, um Mammuts zu jagen. Ich erlebte, wie ich als Sklave an Weiße verkauft wurde oder als Pirat Gefangene ins offene Meer warf. Ich erlebte das Gefühl gehängt zu werden und konnte Pestbeulen an meinem Körper spüren. In meinem Kopf herrschte geordnetes Chaos.

„Du hast alle Erfahrungen gesammelt!", ertönte in meinem Schädel. *„Dies ist dein letztes Leben. Danach verweilst du mit uns, als einer von uns!"* Mir schauderte. „Was bedeutet das?", überlegte ich in Gedanken. *„Du kehrst nach Hause zurück!"* Ich nickte wieder zustimmend und ging nochmals meine Leben Stück für Stück durch.

Jedes war von Grund auf verschieden, nur ein einziges Bild glich sich in jeder Inkarnation. Manchmal passierte es ein Leben lang, manchmal nur eine Nacht. Aber es passierte - in jedem Leben. Wenn ich mich abends ins Bett legte und meinen Blick zur Seite richtete, blitzten mir die gleichen Augen entgegen. „Mary!", flüsterte ich, während mir eine Träne entlang dem Gesicht floss. „Ich...ich verstehe nicht. Ist sie auf der Welt?", kundschaftete ich mit zittriger Stimme aus. *„Ja, auf dem Weg zu dir. Sei geduldig!"* - „Aber...wie konnte ich sie dann im Park treffen?", konterte ich. *„Sie* *verließ ihr Leben, für dich.*" Stumm konzentrierte ich mich auf die Steine zu meinen Füßen, während der Engel seine Hand wieder von meiner Stirn nahm. Nachdem ich einige Augenblicke überlegt hatte, drehte ich mich zu ihm und drückte dem Obdachlosen entgeistert ins Gesicht: „Sie…war tot?" *„Es musste sein."* Mit einem kurzen „Okay" nickte ich zustimmend und nichtsahnend.

„Was ist mit Haniel? Ist sie tot?", erkundigte ich mich. *„Sie wartet, aufgebahrt im Himmel."*, bekam ich zurück. „Auf was wartet sie?" - *„Dass Gott zurückkommt."* Ein Schock fuhr durch meine Körper, bis in die Haarspitzen und ich riss meine Augen auf. „Was soll das bedeuten?", stammelte ich mit zittriger Stimme. *„Er ist auf Erden, irgendwo. Wenn sein Körper stirbt, kommt er zurück. So ist es alle mal."* Mir wuchs ein Kloß im Hals, der mich wiederholt zum Schlucken brachte, bevor ich weiterreden konnte: „Was macht er auf Erden?" Der Obdachlose drehte den Kopf zu mir und flüsterte: *„Er gibt acht auf seine liebsten Schützlinge!"* Mir fuhr es in die Gliedmaßen und ich zog mein Gesicht nach hinten. Nach einer kurzen Pause durchbrach ich die Stille mit einem leisen aber gefassten: „Er kann Haniel wieder zum Leben erwecken?" - *„Ja, er allein."* „Es ist also nur eine Frage der Zeit?" Der Obdachlose nickte und lächelte mich an. *„Hast du weitere Anliegen?"*, drang abschließend in meinen Kopf. Ich ließ meinen Blick über die Bäume schweifen, überlegte und gab zurück: „Ich glaube nicht!" - „*Gut. Frag, wenn du Hilfe benötigst. Denk aber daran: Wenn du bittest, Fliegen zu verscheuchen, töte nicht die Spinnen, die wir schicken.*"

Bei diesem Satz konnte ich erkennen, wie das Funkeln in den Augen des Obdachlosen verschwand. Er rülpste laut und schaute mich verwirrt an, schüttelte seinen Körper und erkundigte sich: „Where am I?"[75] Mit einem Lächeln antwortete ich: „You're in good hands. Let's have dinner. You're invited!"[76]

---

[75] „Wo bin ich?"
[76] „Du bist in guten Händen! Lass uns irgendwo essen gehen, du bist eingeladen!"

Kapitel 7

Ich lud den Obdachlosen zum Essen ein und wir unterhielten uns den restlichen Abend. Sein Name war Alex. Er war eigentlich gelernter Elektriker, der durch Scheidung und einigen dummen Zufällen auf der Straße gelandet war. Ich beschloss ihm zu helfen und bot ihm für eine Nacht meine Couch an. Er konnte duschen, bekam eine Rasur und einige meiner Klamotten. Danach sah er aus wie ein neuer Mensch.

Insgesamt verbrachte ich noch drei Monate in London und kehrte dann in meine Heimat zurück. Seit dem Tag im Kyoto Garden war ich merklich verändert. Ich hielt mein Leben nicht mehr für langweilig oder eintönig, denn ich kämpfte. Jeden Tag aufs Neue nahm ich es mit mir selbst auf und versuchte, alle meine schlechten Gedanken auszulöschen. Ich wusste jetzt schließlich, woher sie kamen und das nutzte ich zu meinem Vorteil. Ich bat die Engel oft um Schutz oder darum, dass sie mir mit meinem Denkprozess halfen, damit am Ende das Bestmögliche für alle Beteiligten manifestierte.

In meinen letzten Wochen in London kam Alex häufig vorbei und schlief, wenn es draußen regnete oder zu kalt war, bei mir. Schlussendlich bot ich ihm an, meinen Job auf dem Friedhof zu übernehmen. Er willigte sofort ein und sogar meine Wohnung und meine Möbel wurden zu seiner. Ich fühlte mich, als würde ich mein Leben in London einfach übergeben. Mich machte es glücklich, dass ich jemanden helfen konnte und Alex zeigte mir häufig seine Dankbarkeit. Für mich hatte das Ganze jedoch auch Vorteile, da ich mich sozusagen um nichts kümmern musste. Ich packte einfach meine Koffer, verabschiedete mich von Tom und Alex und verließ die Stadt.

In Deutschland bekam ich meinen alten Job zurück und konnte durch geschicktes Verhandeln meinen Lohn aufbessern. Ich zog in eine große Mietwohnung mit Wintergarten in der Innenstadt und verbrachte viel Zeit mit Lesen und Recherche im Internet. So oft ich konnte hielt ich mich unter freiem Himmel auf. Der Wintergarten war perfekt dafür. Je länger ich mit den Engeln zu tun hatte, umso einfacher wurde es für mich. Nach einiger Zeit hatte ich eine Art neues Hobby, mit dem ich mich zu jeder Tages- und Nachtzeit, egal wo ich war, beschäftigen konnte. Ich ging einfach in mich und stellte Kontakt her. So wurde ich mit der Zeit immer ruhiger und gelassener. Egal was passierte, ich fuhr nicht mehr aus der Haut.

Viele meiner alten Bekannten sprachen mich an und wollten wissen, was in England mit mir passiert war, schließlich hatte ich immer ein Lächeln auf den Lippen. Meine Antwort war immer die gleiche: „Ich habe ein Stück zu mir selbst gefunden!" Das war die Wahrheit. Ich fühlte mich immer entspannt und auch wenn mir ein Unglück passierte, empfand ich es nicht als schlimm. Schließlich wusste ich, dass im Endeffekt daraus etwas Gutes werden würde.

Die Monate flogen vorüber und ich fing wieder mit dem Zeichen an. Anfangs im Geheimen und nur für mich verbesserte ich meine Fähigkeiten und wurde selbstbewusster. Mit der Zeit lernte ich den Umgang mit dem Pinsel und anderen Utensilien und ich fing an zu malen. Dann verbreitete ich meine Arbeit im Internet und zeigte sie der Welt. Es dauerte zwar nochmals Monate, aber irgendwann wurde die richtige Person auf mich aufmerksam und ich konnte ihm einige Gemälde verkaufen. Daraus entwickelte sich ein schöner Nebenverdienst und der Start in eine großartige Zukunft.

Es war in etwa zu dieser Zeit, inzwischen war ich zwei bis drei Jahre aus London zurück, als ich eines Tages bei Rot über eine Ampel lief und schwer von einem Auto erfasst wurde. Ich flog durch die Luft und knallte auf die Windschutzscheibe eines

163

entgegenkommenden Wagens. Als ich wieder aufwachte, lag ich auf dem kalten Boden und wusste nicht, was vor sich ging. Abermals erinnerte ich mich an meine Kindheit und das Klettergerüst. Dieses Mal stand allerdings nicht meine Mutter vor mir, sondern jemand anderes rüttelte an meinem Körper. Ich brauchte einige Momente, bis ich überhaupt registrierte, was vor sich ging. Mir tat jeder Knochen im Leib weh und dennoch rappelte ich mich auf und klopfte den Dreck von meiner Kleidung.

Ich befand mich in einer Art Delirium, ständig fasste mich jemand an und redete auf mich ein. Ich war verwirrt, beachtete die Frau nicht und untersuchte selbst meinen Körper. Erst als ich mich vollständig begutachtet hatte, schaute ich nach oben und entdeckte sie. Die schönsten Augen, die es auf der Welt gab. Reflexartig setzte ich ein Lächeln auf und gab mein Bestes, um ein Gespräch zu beginnen: „Hallo!". Danach wurde mir schwarz vor Augen und ich brach auf der Stelle zusammen.

Ich wurde in einem Krankenhausbett wach. Sie saß neben mir. Ich wusste sofort, dass das die Mutter meiner Kinder werden würde, die Augen hatten sie verraten. Sie hatte lange schwarze Haare und ein wunderschönes Gesicht, das von zwei Strähnen eingerahmt wurde. Ihre Wangenknochen standen leicht hervor und die schwarze Brille vervollständigte den Sekretärinnen-Look. Ich war augenblicklich verliebt, wohl zum ersten Mal in meinem Leben.

Als sie bemerkte, dass ich wach war, kam sie näher und nahm meine Hand. Sie entschuldigte sich tausendfach bei mir und ich sagte ihr mindestens eintausend und ein Mal, dass alles gut war. Ich war kaum verletzt, hatte nur eine Gehirnerschütterung und ein paar gebrochene Rippen. Alles würde innerhalb weniger Wochen verheilt sein. Ich war sogar dankbar für meine Verletzungen, schließlich hatten sie Maria in mein Leben gebracht.

Nachdem wir einige Sekunden still in dem sterilen Zimmer gesessen hatten, durchbrach meine zukünftige Frau das Schweigen und holte meinen Rat ein: „Wie kann ich das wieder gut machen?" Ich richtete meinen Blick nach oben und in meinem Geist bat ich um Hilfe. Nachdem ich kräftig ein und wieder ausgeatmet hatte, antwortete ich: „Ich bin Pfleger und weiß, wie das Essen im Krankenhaus schmeckt. Was sagst du dazu, dass du, solange ich hier drin bin, für mich sorgst?" Damit war das Eis gebrochen und wir fingen an uns rege zu unterhalten. Von da an kam sie jeden Tag bei mir vorbei und brachte mir mein Abendessen. Täglich redeten und redeten wir. Die Stunden flossen nur so dahin.

165

Sie erzählte mir über ihr Leben, wo sie aufgewachsen war, ihre Arbeit und ihren Freundeskreis. Wir stellten schnell fest, dass wir viele gemeinsame Bekannte hatten. Über die Jahre hatte wohl immer nur ein Glied gefehlt und es mussten unzählige Zufälle passiert sein, damit wir uns nicht früher kennen gelernt hatten. Sie erzählte mir auch von einem Tauchunfall vor einigen Jahren, bei dem ihr für einige Minuten das Herz stehen geblieben war. Sie überlebte nur durch das beherzte Eingreifen eines Fremden. Im Geist bedankte ich mich bei demjenigen, wer auch immer er war.

Nachdem ich entlassen wurde, ging das Spiel bei mir zu Hause weiter und ehe ich mich versah, hatte ich eine Mitbewohnerin. Ich liebte mein Leben. Besonders bewusst wurde mir das jeden Morgen, wenn ich auf das Kissen neben mir und in diese wundervollen Augen blickte.

Die Jahre vergingen wie im Flug. Wir heirateten, ich wurde Vater und widmete mich mehr meiner Kunst. Mit der Zeit konnte ich sogar meine kleine Familie davon ernähren. Ich kündigte daraufhin meinen Job im Krankenhaus und machte Platz für jemand anderen. Es war viel Zeit vergangen, doch ich hatte mir meinen Jugendtraum erfüllt. Anscheinend war es nie zu spät, seine Träume zu verwirklichen.

An London dachte ich noch häufig und ich versuchte den Kontakt zu Tom und Alex zu halten. Wir telefonierten regelmäßig und erzählten, was im Leben des anderen vor sich ging. Vor allem zu Tom hatte ich einen guten Draht und wir riefen uns mindestens einmal pro Woche an.

Bis zu dem Tag, als eine unbekannte Nummer auf meinem Display erschien. Ich saß gerade vor dem Fernseher. In den Nachrichten ging es um einen vermissten Jungen, der anscheinend entführt worden war.

Am Telefon hatte ich Toms Mutter, die unablässig weinte. Ich musste erst beruhigend auf sie einreden, damit ich verstehen konnte, was sie mir sagen wollte.

Ihr Sohn war vor ein paar Tagen im Schlaf an einem Schlaganfall gestorben. Er war friedlich eingeschlafen und nie wieder aufgewacht. Sie hatte tagelang versucht ihn zu erreichen, aber niemand ging ans Telefon. In ihrer Hilflosigkeit verständigte sie am Ende die Polizei, die nur noch den Tod feststellen konnte.

Sie rief mich an, weil ihr Sohn ständig von mir geredet hatte und sie wollte, dass ich Bescheid wusste. Während sie mir das erzählte, berichtete die Nachrichtensprecherin von dem vermissten Kind. Ihr unterlief allerdings ein wichtiger Versprecher: „Haniel ist wieder da!" In Wirklichkeit hieß das Kind Daniel, aber ich wusste, was gemeint war. Ich überlegte kurz: „War Tom etwa…?"

Ich brauchte noch einige Zeit, aber dann - verstand ich.